Antes do silêncio

Antes do silêncio
ROGÉRIO PEREIRA

Porto Alegre  São Paulo · 2023

Hoje — neste hoje verdadeiro, enquanto estou sentado frente a uma mesa, escrevendo —, hoje eu mesmo não estou certo de que esses fatos tenham realmente acontecido.
PRIMO LEVI, *É isto um homem?*

A vida é isso, um fiapo de luz que termina na noite.
LOUIS-FERDINAND CÉLINE, *Viagem ao fim da noite*

Quando tudo termina

A mãe morreu. Não recebi nenhum comunicado, tampouco o médico a dizer: Sinto muito, sua mãe morreu. Encontrei-a estirada na cama pela manhã. O olhar estagnado no teto do quarto. A morte esculpida nos olhos — um espelho invertido. O sol ardia no telhado. O bairro se movimentava. Estava morta sobre as cobertas bagunçadas. Numa última tentativa de encontrar alguma vida, arriscou libertar-se do catre a que o câncer a condenara. As pernas magras balançando na altura mínima entre o estrado e o piso frio. O último gesto antes do fim. O corpo caiu de lado: cabeça e braços fora de sincronia. Uma biruta sem aeroporto, sem vento, sem rumo. Toquei-lhe a coxa com firmeza: acorde, mãe, estamos atrasados. Ela me ignorou. Novamente, a morte entrou pela porta da frente, escancarou as cortinas e deitou-se no colchão de pouca espessura. Uma indesejada visita.

(Preciso aprender a lidar com a máquina de lavar roupas. Há vários botões. Está nos fundos da casa, quase imperceptível. Eu sempre deixava as roupas num cesto plástico. Logo estariam limpas e passadas. A mãe apontava para a pilha de camisetas, camisas e calças sobre a tábua de passar. Eu agradecia. Amávamo-nos de uma maneira estranha: pelo aroma do amaciante de cor azul-céu.

A diarista explica como devo proceder. É simples: sabão e amaciante em seus respectivos recipientes. Nunca se deve misturar roupas claras e escuras. Isso me parece óbvio. A máquina suporta até cinco quilos. Quanto pesa uma camiseta? Tenho uma balança. Comprei-a para pesar a mãe todos os dias. Os dígitos da balança nunca deram conta de saciar a fome do câncer. A cada manhã, a balança emagrecia alguns gramas. Agora, vou utilizá-la para pesar o que sobrou: minhas roupas.)

Era madrugada. Eu sonhava com a mãe — um sonho cuja lembrança se escureceu. Alguém batia palmas ao longe. Uma música distante. Despertei com o ruído no quarto. Flutuei. O corpo pesado. Olhei pela janela. Não havia ninguém no portão de casa. A luz do poste espalhava uma pesada solidão pela rua. Tentei dormir. As palmas invadiram novamente meu frágil sono. Acordei assustado: é a mãe. Desci em disparada a escada em caracol. Encontrei-a sentada na cama, lambuzada no próprio escarro. Limpei tudo com cuidado. Tirei a traqueostomia. Lavei-a com delicadeza na madrugada silenciosa. Lá fora, escuridão. No quarto, a mãe morrendo. Deixei-a na cama. Respirava com facilidade pelo buraco metálico no pescoço. Estava tudo bem. As palmas cessaram. Não sei que horas a mãe morreu. A última coisa que fiz foi limpar-lhe os restos que o câncer insistia em nos entregar.

(Sempre compro o amaciante cujo aroma natureza garante roupas macias e perfumadas. Gosto do cheiro da natureza aprisionado num pote plástico e pescoçudo. As roupas realmente ficam macias e perfumadas. É uma pena que a transpiração excessiva do corpo destrua qualquer fórmula de laboratório. As indústrias de amaciantes nada podem contra o suor causado pela morte numa manhã ensolarada.

Coloco o sabão em pó no recipiente maior da máquina. O amaciante deve ficar num buraco — espécie de boca de um vulcão — no topo do cilindro. Despejo tudo com muita atenção. Ao meu lado, a diarista apenas observa. Diz que se eu fizer tudo sozinho, aprendo mais rápido. Leio as indicações na tampa da máquina. Aperto o botão ligar. Depois, lavagem completa. Regulo o nível da água. Aos poucos, a máquina branca começa a relinchar. Ouve-se um esguicho fraco de água. Camisetas estão em volta do cilindro. Esqueci-me de pesar as roupas, mas acho que há menos de cinco quilos. De repente, a respiração da máquina fica mais rápida, ofegante — um animal a coicear. Lava com gosto minhas roupas. A diarista explica que só preciso esperar, tirar as roupas da máquina e pendurá-las para secar.)

O silêncio da casa me acordou. Olhei o relógio. Preciso levantar. Segunda-feira: dia de quimioterapia. A mãe nunca perdia a hora; era sempre a primeira a acordar. Ficava se arrastando pela casa. O cheiro do café me levava à cozinha. Nenhum barulho. Desço a escada lentamente. A cozinha está vazia. A mãe não está no sofá da sala. O café não está pronto. O sol risca o vidro da janela. Vou ao quarto da mãe. Abro a porta. Encontro-a toda retorcida sobre as cobertas. Um fóssil de esquilo. Os pés para fora da cama, o corpo meio de lado contra a parede. Penso: a mãe dormiu numa posição muito estranha. Aperto sua perna magra. Acorde, mãe, estamos atrasados. Ela não responde. Está fria e dura. A sua pele flácida enfim enrijeceu, ganhou força e rigidez. A mãe está morta.

É segunda-feira, dia de quimioterapia. Ela não precisará mais se agarrar em mim, arrastar-se pelos corredores do hospital, fazer cara de desespero quando uma nova consulta é marcada. Não precisará mais se contorcer ao receber a injeção na nádega inexistente. Nunca mais iremos em silêncio a lugar algum.

(Tiro a roupa da máquina e a estendo no varal de alumínio. Depois, é só passar. Isso é simples. Na infância, ajudava a mãe a passar roupa com o ferro a brasa. Tirávamos as brasas do fogão a lenha e enchíamos a pança do ferro quadrado e pesado. Era algo quase pré-histórico. Agora, tenho um ferro a vapor. Bonito e leve. Desliza fácil pelo tecido amarrotado. Vou passar roupas na sala onde a mãe contava os dias. Ela não está mais ali sentada no sofá. Não está no quarto. Não está na cozinha. Não está lá fora, agarrada ao portão, à espera de nada.)

O médico chegou rápido. Entrou no quarto. Atestou a morte. Deu-me os pêsames. Entregou-me um papel amarelo com o registro da morte. Disse-me que procurasse uma funerária. Saiu porta afora. Entrou na ambulância e foi embora. Fiquei ali, com o papel amarelo na mão e a mãe morta no quarto. Fui à funerária. Vieram e colocaram a mãe no carro comprido. Depois, no caixão com flores de plástico. Levamos a mãe ao cemitério. Colocamos no mesmo túmulo da minha irmã — agora resumida a um saco plástico preto cheio de ossos. Quando saímos do cemitério, o sol nos aquecia. O céu bem azul.

Um ótimo dia para lavar roupas.

1.
A mãe mora num sofá. Ela está miúda, raquítica. O tempo e o câncer a murcharam. Mastigaram com lentidão e cuspiram um simulacro de mulher. Quando morávamos na floricultura, não podíamos esquecer de regar as flores. Morriam tísicas ao sol. Não adianta mais regar a mãe. O sofá é pequeno, mas enorme para o corpo que o habita. Quando acordo e desço a escada, ela já está ali, meio sentada, meio deitada. No sofá, a mãe consegue se contorcer, movimenta-se com certa agilidade. Sente-se em casa.

O sofá é seu provisório lar. Está diante da tevê. A distância é mínima. Pretendo colocar a tevê em cima do sofá. Assim, a casa da mãe terá uma tevê, e uma tevê é sempre indicada para passar o tempo. Se levasse a mãe e o sofá a uma exposição de arte contemporânea, comporiam uma engenhosa instalação. Na roça — onde a mãe passou parte da vida —, os troncos esturricados lembravam animais calcinados, fósseis de precários dinossauros. Depois do fogo, a lavoura ganhava vida. A mãe é um tronco esturricado numa terra devastada e infértil.

A mãe faz todas as refeições no sofá. Mistura o pó hipercalórico ao leite integral. Coloca o visgo branco num invólucro plástico. A gosma desce por uma mangueirinha até a barriga. A mãe tem um buraco na barriga. Uma espécie de boca sem dentes. A boca verdadeira da mãe também não tem dentes. Ela parece não se importar muito em comer pela barriga. Sobe no sofá com o invólucro plástico nas mãos. Toma cuidado para não derrubar o café da manhã. O equilíbrio é delicado. Sempre fecho bem a janela da sala. Um mínimo vento pode derrubar e quebrar a mãe. Pendura a marmita pegajosa num prego na parede. Eu coloquei o prego. Sempre que posso, ajudo. Não sei fazer muitas coisas, e o que sei fazer tem pouca utilidade. Ela senta no sofá e espera a refeição descer pela mangueirinha. A boca sem dentes na barriga se chama jejunostomia. O café da manhã, o almoço e o jantar são sempre iguais. Para a mãe, alimentar-se é apenas uma sina.

O sofá foi comprado numa das tantas lojas populares de C. Lugares onde os móveis — assim como a vida — não foram feitos para durar. O sofá é feio. Não tem design italiano. A mãe descende de italianos, mas também não tem o design deles. Tem o design que a morte decidiu. O sofá é marrom com cobertura bege. Lembra um deformado sorvete napolitano. O tecido parece camurça. A mãe trouxe o sofá da casa de madeira. Agora, o sofá está na casa de concreto. O túmulo da mãe será de concreto. Caso o sofá seja enterrado junto com a mãe, estará acostumado à frieza do cimento.

Na casa velha, tivemos vários sofás, todos bem vagabundos. De uma napa desprezível. Um furinho qualquer em pouco tempo se transformava num rombo. A mãe colocava um pano sobre o buraco. Quando alguém sentava bruscamente, era levado para um abismo. Quando chegava visita, um dos filhos sentava no buraco do sofá. A visita ficava na ponta. Nenhuma caiu no nosso precipício doméstico.

Às vezes, visito a mãe no sofá. Sento ao seu lado. Eu sempre afundo. O sofá é molenga. A mãe não afunda. O seu corpo flutua no mar de sal. Um lambari moribundo no Mar Morto. A mãe não deixará testamento. Não sei o que fazer com o sofá. Não é uma boa ideia colocar fogo na última morada da mãe. Se ela quiser, levarei o sofá ao cemitério. Não é pesado, mas pesa bem mais que a mãe. Não teremos dificuldade de carregar o caixão. Seu corpo é um algodão-doce esquecido no banco da praça.

O sofá é de dois lugares. Às vezes, olho para ele e não vejo a mãe. Mas ela está ali, em algum lugar. A mãe e o sofá se dão muito bem, ficam o dia todo juntos. O sofá tem o contorno do corpo da mãe. Ela estampa na pele as listras fininhas do tecido. O sofá é o melhor amigo da mãe. Eu não gosto dele, mas não posso dizer isso. Não é um bom momento para preocupá-la com assuntos banais. Já decidi: quando a mãe morrer, o sofá vai embora também.

Não serei seu próximo morador.

A.
Quando chegamos, a vizinha estava no portão. O corpo apoiado no cabo da vassoura. Não nos esperava, apenas estava ali. O sol pálido se arrastava para o início da tarde. Abri a porta do carro e puxei a mãe com delicadeza. Peguei-a pelo braço. Veste calça de moletom e blusa de lã. O traje descompassado e a magreza combinam. Ainda há alguma vitalidade no corpo que começa a esfarelar. Logo seria apenas um contorno, uma sombra esquálida, uma triste figura.

 O barulho do portão de ferro tira a vizinha da imobilidade. Boa tarde. O cumprimento pula o muro baixo e nos encontra na longa travessia até a casa. A mãe movimenta a cabeça com a lerdeza dos velhos — faltam-lhe alguns anos para que a velhice realmente atravesse seus ossos. Aceno com a mão direita. A vizinha retribui com um gesto quase imperceptível, um leve menear de cabeça. Olho para ela sem interesse. Nosso desinteresse parece mútuo.

2.

Na cozinha encontro um pão sobre a mesa. De contornos bem definidos. A casca levemente tostada. O miolo macio e branquinho. Ao lado, a sacola plástica com os insossos pães da padaria da esquina. De onde saíra aquele pão caseiro? A manhã projeta uma luz fraca pela janela. Encho a caneca de café com leite. Pego o requeijão na geladeira. O pão enorme no centro da mesa me traz boas lembranças.

Toda semana, a mãe me convocava para tocar o cilindro. Na mesa de fórmica — comprada com desconto na loja popular devido a uma lasca num canto —, ela espalhava farinha de trigo e sovava bem a massa. Naquela época, a mãe tinha saúde. Não imaginávamos que numa tarde nublada o câncer entraria pela janela feito chuva em casa abandonada. As mãos grossas, os dedos nodosos, alisavam a massa sem descanso. Ao fim, cortava a esfera branca em quatro ou cinco pedaços. Filho, vem tocar o cilindro. Era uma maquineta rudimentar, mas eficiente: dois cilindros metálicos paralelos movidos por uma manivela. Com o entusiasmo da infância, agarrava-me à manivela e a girava com delicada brutalidade. A mãe espremia a massa por entre os cilindros. A massa fazia várias viagens. A cada uma delas, saía mais lisa. Após algum tempo de trabalho, os pães sobre a mesa. Protegidos das moscas por uma toalha branca, eles cresciam, engordavam. Em seguida, eram levados ao forno a lenha. Eu não gostava de pão caseiro. Queria o pão de padeiro.

O fio da faca é somente uma lembrança. Duvido da sua eficácia. Cravo a lâmina com vigor. Corto dois pedaços largos. Passo requeijão. Na infância, apenas margarina sem sal. Uma margarina de péssima qualidade. Não conhecíamos requeijão. Requeijão é melhor que margarina. Fazer pão é melhor do que fazer quimioterapia. Tocar o cilindro é melhor do que limpar a traqueostomia. Ter requeijão na geladeira nem sempre é certeza de que a vida melhorou.

Mastigo o pão caseiro encontrado na cozinha. O sabor e a consistência são ótimos. A manhã ganha força pelo vidro embaçado da janela. São quase oito horas. Logo estarei na rua, em direção à casa do velho. A mãe ficará por aqui, zanzando pela casa. Uma mosca sem asas no azulejo frio. Se eu tivesse um pano de prato, cobriria a mãe todos os dias ao sair de casa. E se ela crescesse, ganhasse outros contornos? Não sei qual é a proporção de ingredientes para se fazer um pão: farinha, ovos, leite, azeite, fermento, açúcar e sal. Não sei as medidas para que a massa cresça e se transforme em algo mastigável. Não sei quase nada. Sei apenas que, em breve, terei de comprar um caixão para a mãe. Tenho dinheiro para comprar requeijão e caixão — uma ridícula rima pobre. No velório, serviremos pão caseiro e margarina.

Deixo a caneca na pia. Limpo as migalhas da toalha plástica. Jogo os restos no lixo. Abro a porta da cozinha. Sempre que acordo, a mãe está encorujada no sofá. O câncer a transformou numa estranha. Não fala. Movimenta-se com a destreza das lesmas. É apenas uma réstia distorcida da mulher ríspida e rude que tentou colocar os filhos nos eixos. Todos descarrilamos. Ela também.

A mãe fez aquele pão? Ela diz que sim com a cabeça. Está ótimo. A mãe esboça um sorriso que nunca se completa. Subo a escada em direção ao meu quarto. Tocar o cilindro é desnecessário.

B.
Não é uma mulher bonita, tampouco feia. Veste-se com simplicidade. Olha-me com timidez. Ainda não passamos do aceno silencioso, do delicado encontro do olhar. Talvez sejamos dois tímidos. Toda manhã a vejo no portão de casa, pronta para sair com a filha — uma menina de uns dez anos, cabelo longo e corpo magro. Passam diante de casa de mãos dadas e desaparecem na curva logo depois dos pinheiros.

3.
A lesma deixava um rastro pegajoso e brilhante no caminho iluminado pelo sol. Lenta, vagarosa, presa fácil. Eu surrupiava um punhado de sal na cozinha e temperava sem dó o monstro molenga da minha infância. Derretia, desintegrava-se. A mãe sempre achou um desperdício tanto sal para um bicho tão desprezível. Descobria que excesso de sal faz mal à saúde. Sempre acreditei que a lesma fosse um caracol que fugira do casulo, que se livrara do fardo às costas. Cansada da couraça antiquada, despia-se sem pudores e largava seu gozo rastejante pela calçada.

Há algum tempo, imagino que a morte cheire a sopa sem sal. E talvez seja feita com cascas de caracol e lesma picada. São imagens confusas. No início da tarde, rastejei pelas rampas do hospital. Estava sozinho. É permitida a entrada de somente uma pessoa por vez na enfermaria. O homem da portaria sempre está de mau humor. Ontem, estive no cemitério. Meu primo levou cinco tiros. Dois no rosto. Entre os túmulos devem habitar muitas lesmas e caramujos. A morte tem data marcada em nossa família. No mesmo dia, há dez anos, minha irmã esqueceu de deixar o hospital. Tomou o caminho do cemitério. Aos poucos, vamos loteando os túmulos. A morte sempre foi excelente em projetos habitacionais. Agora subo a rampa do hospital. Para trás, deixo o cheiro da sopa sem sal e um rastro gosmento na borracha do piso. Preciso chegar ao quarto 52B. Lá, a mãe já respira por um buraco no pescoço.

A carta tem um número quase indecifrável: 22317342179. É do sistema público de saúde de C. É uma das raras cartas que a mãe recebeu na vida. Sem contar, é claro, os carnês das lojas populares. O governo de C. está preocupado com a mãe, mesmo que ela já tenha morrido. Um questionário deseja saber se o buraco no pescoço foi bem-feito. Se cavoucaram direito. Se usaram as pás com destreza. Se o acabamento não deixou riscos de infiltração. Leio com muita atenção. Aprender e gostar de ler nem sempre são uma grande vantagem. Leio: o atendimento foi todo custeado pelo governo, com recursos pagos pelos cidadãos e que devem ser utilizados com toda atenção e respeito. É um direito de todos. A coisa parece ser bem importante, até porque a sua avaliação do serviço vai contribuir para melhorarmos a saúde no seu município e em todo o país. Não posso perder a oportunidade. Basta preencher umas bolinhas cujas indicações trazem carinhas sorrindo ou tristes, dependendo da avaliação para o serviço prestado. Bolinha preenchida e estarei acabando com o rapto de crianças sadias no norte, levadas à força a uma clínica para exames de sangue. Em seguida, as famílias recebem uma carta do governo para que avaliem o tratamento contra um suposto surto de pneumonia. Vamos preencher os formulários: eu combato as quadrilhas no norte, vocês me ajudam a aperfeiçoar a escavação de buracos em pescoços desnutridos aqui no sul. A ironia do mundo não perdoa os cancerosos.

Antes de subir ao quarto, na recepção do hospital, a tevê na parede tenta me ajudar a decifrar o universo. Um banco espanhol está à beira da falência. Dois funcionários da petrolífera morrem em acidente numa plataforma no mar. Deve ser muito triste ficar dias e dias na solidão do mar e um dia trocar a solidão da vida pela solidão da morte. Não sei muito bem o que significa um banco espanhol falir, mas deve ser bem complicado encontrar dois corpos sugados pelo mar enraivecido devido ao petróleo derramado. Esqueço tudo isso ao cruzar a porta de vidro e ser golpeado pelo aroma inexistente da sopa sem sal. Subo a rampa até chegar ao 52B.

O buraco cavado no pescoço da mãe leva o nome de traqueostomia, e custa algum dinheiro ao governo.

Não é um buraco barato. Um buraco em rodovia custa ainda mais. Quando tínhamos todos cerca de dez anos, um vizinho nos convenceu a ajudá-lo na obra de reforma da casa. Cavamos — eu, meu irmão e alguns amigos — durante todo o dia vários buracos no quintal. Ao fim do expediente, deu-nos uma nota de dinheiro incapaz de saciar nosso desejo por chicletes de hortelã embalados em figurinhas da Copa do Mundo. Nunca mais aparecemos para cavar aqueles buracos. Completamos nosso álbum de figurinhas com trabalhos mais bem remunerados. Vendemos chuchu em baldes, plantamos azaleias em pacotes plásticos, colhemos trigo com uma faca de cozinha. O goleiro careca e o carrasco italiano valiam o esforço.

No topo da rampa há um balcão povoado por jovens médicos. Os residentes. Falam e sorriem o tempo todo. Não ter um buraco no pescoço sempre ajuda a sorrir com mais facilidade. Tenho certeza de que um dia estarei sob os cuidados de algum desses residentes. Quando passo por eles também sorrio. E torço para que aprendam tudo direitinho. Não me resta muito mais a fazer. Abro a porta e me jogo para dentro do quarto — queda livre no escuro. Não tenho a menor ideia do que encontrarei. Cinco camas, um banheiro e uma tevê disputam espaço com a morte.

Ela está retorcida na cama. Um galho velho. Qualquer artista sentiria inveja da obra que um câncer seguido de uma traqueostomia é capaz de construir. Hospitais são depósitos de belas obras de arte. Algumas bizarras. Não a toco. Tenho receio de quebrá-la. Está dormindo. Ou morta, imagino. Nas camas ao lado, a situação é um pouco melhor. Uma senhora careca reclama da comida. Diz que tudo tem gosto de nada. Penso: sopa sem sal, com pedaços finos de lesma. Outra tem um cano de plástico enfiado na barriga. Tenta disfarçar, mas a fragilidade do corpo a impede de esconder a vergonha que tanto a incomoda. A que está em melhor situação, na minha avaliação de daltônico, assiste a um programa na tevê.

A mãe acaba de sair do centro cirúrgico. Lá fizeram a traqueostomia. Parece que o buraco foi bem-feito. Ela ainda não está morta. Ressona sob o lençol puído. Lembra-me um feto gigante. Talvez de girafa. Deve ser bem complicado fazer traqueostomia em girafas. Em que altura do pescoço seria o buraco? Os ossos do quadril estão saltados. As pernas para fora do lençol deixam-me entrever o longo corte na sola do pé direito. Logo após meu nascimento, a mãe pisou num prego enferrujado a caminho do paiol de milho. O tétano alastrou-se. No hospital, cortaram o pé em dois e durante um bom tempo esfregaram com uma escovinha fina. A mãe sempre relatou em detalhes a dor quase insuportável. Ela nem imaginava que uma cicatriz na sola do pé direito seria apenas um detalhe para quem tem um buraco no pescoço.

Após a eternidade de alguns minutos, decido deixar o quarto 52B. Despeço-me das novas amigas da mãe. Peço para uma delas informar que estive ali. Ela sorri, balança a cabeça, conivente com o meu pavor. Rastejo de novo pela rampa. Deixo uma nódoa incolor pelo caminho. Passo pela cozinha. Novas porções de sopa de lesma sem sal estão sendo preparadas. Os residentes sorriem. Na carta, o departamento de saúde reforça que, após a internação, é importante seguir o tratamento e adotar, cada vez mais, hábitos saudáveis que vão melhorar a sua qualidade de vida. Reduzir o sal da sopa sempre ajuda.

A carta 22317342179 segue ao lado do computador. Preciso respondê-la. Não posso deixar de cumprir minhas obrigações de cidadão. Pintarei as bolinhas cujas avaliações são muito bom, bom, regular, ruim e muito ruim. Gosto das carinhas sorrindo ao lado dos pequenos círculos, mas elas parecem mentir para mim. No centro da carta, o número 136 é o telefone para tirar dúvidas. A mãe lê muito mal e não pode falar ao telefone. Ou respondo esta carta ou telefono para o 136. Ainda não decidi. Ao lado do número, outro alerta: sempre é hora de combater a dengue.

É muito difícil acertar um mosquito em pleno voo com um punhado de sal. Será que lesma se alimenta de mosquitos?

C.
São poucos degraus até a porta pesada e escura. Ao me receber, a mulher diz: Entre — seco e cortante. Sei que encontrarei um homem velho e encurvado. Durante algum tempo, lerei trechos de um livro. Sempre o mesmo livro. Quando a vizinha me pediu, quase implorando, para substituí-la na leitura, não tive alternativa. Ela ficaria com minha mãe cancerosa. Eu leria para o velho desconhecido e obcecado pelo holocausto. A troca me pareceu justa.

— Normalmente, ele passa longos períodos em silêncio. Às vezes, desanda a falar. Parece que as palavras vão lhe escapar da boca sem encontrar um significado. Você só precisa ouvir. Nada mais. Quando receber o livro, basta sentar diante do velho e ler a página indicada. Deve ser no mesmo ritmo, sem interrupções. Quando ele levantar a mão direita, pare de ler e lhe devolva o livro — explicou-me a vizinha.

No centro da sala, aguardo a aparição do velho. A mulher olha-me por inteiro, numa minuciosa investigação. Pela janela entra a luz fraca da manhã nublada, que se esparrama sobre a mesa que abriga um vaso com flores artificiais. Além da mesa pequena, há uma poltrona e uma cadeira. Estamos frente a frente. Com um forte sotaque, como se algo arranhasse sua garganta, ela me explica o método de trabalho. Nada diferente do que eu já sabia. Enquanto fala, seu corpo arqueja para frente. Os seios excessivamente grandes pendem em direção à barriga. São enormes e moles. O rosto avermelhado não carrega sinal de maquiagem. Não usa brincos e o cabelo está amarrado num rabo assimétrico.

Após um longo silêncio, ela levanta-se e me deixa sozinho à espera do velho.

4.
A mãe é um vira-lata mudo atrás de mim. Caminha muito devagar. Não late. Arrasta o corpo de ossos pelos corredores. Para diante das gôndolas e prateleiras. Demora-se para escolher o mais inexpressivo biscoito. Não saía de casa havia muito tempo. Posso ir junto? Claro, mãe. Entramos no carro rumo ao mercado, no centro de C. A mãe desconhece a cidade onde vive há mais de trinta anos. Percorre apenas a distância entre a cama, o sofá, o banheiro, a cozinha e o portão da pequena casa. Em poucos minutos, chegamos. Atravessamos as ruas em silêncio. Estamos um pouco cansados de oncologistas, nutricionistas, hospitais. Nada como uma boa visita ao supermercado numa manhã de domingo de sol devastador. Posso ir junto? Claro, mãe. Não imaginava que a companhia tornaria as compras uma procissão lenta, sem qualquer perspectiva de que o milagre fosse alcançado, os pecados redimidos.

Estratégia simples: percorrer todos os corredores. Eu empurro o carrinho e seguro a longa lista de compras. A mãe sempre atrás, a passos de guapeca. Aos poucos, as mãos ossudas — ganchos de um pirata inofensivo — começam a encher o carrinho de coisas que não estão na lista. Potes, rodo, balde, fermento. Ela ignora a palavra escrita. Nunca lhe fez muito sentido. Nada lhe pertence. A mãe só precisa de ar pela traqueostomia e suplemento hipercalórico pela sonda. O resto é supérfluo. Esmaguei a lista e a joguei no fundo do bolso esquerdo. Eu visto chinelo, bermuda e camiseta. A mãe, calça de agasalho, camiseta, sandália e traqueostomia. Se furassem o meu pescoço, ficaria ainda mais parecido com ela.

Quando a mãe puxou a cadeira e sentou-se à minha frente, senti um leve incômodo. Nunca fomos de falar. Ainda mais no café da manhã, quando o dia se escancara em sua incerteza contumaz. Faço sempre igual: uma caneca grande de café com leite, duas fatias de pão, lascas de mamão. A mãe olhou-me com ternura. Mulheres com câncer sabem olhar com ternura para os filhos. À sua frente, cinco bananas maduras — a fruta preferida nos tempos em que a boca mastigava algo além de ar e saliva. Será que nunca mais vou comer pela boca? A pergunta sai às migalhas entre os lábios ressecados e o buraco no pescoço. A dicção da mãe é um vinil riscado sob a agulha de uma vitrola controlada por um louco. Claro que vai, mãe. Basta ter paciência. A mentira acomoda-se à mesa, senta-se entre nós. A mãe agradece com um sorriso de mãe. Levanta-se e retorna à sala. As bananas ficam sobre a toalha, à mercê do dia que entra pela janela.

Estou protegido numa trincheira de batatas e beterrabas. A mãe escolhe pimentões. Resolvemos dividir a colheita na roça urbana. Já separei tomate, banana, batata, cenoura e cebola. A mãe segue diante dos pimentões, após embalar duas cabeças grandes de alho. Depois de minuciosa escolha, enfia três pimentões no pacotinho plástico. Uma brincadeira com o filho daltônico? A mãe sabe que sou daltônico? Nunca conversamos sobre isso. Olho para o pacote transparente e vejo três pimentões de cores distintas: verde, vermelho e amarelo. Um confuso semáforo. Existe pimentão azul? Mãe, estes pimentões são de cores diferentes. Ela balança a cabeça, concordando. Mas têm o mesmo preço? Ela dá de ombros ossudos. Abandono a trincheira e encaro a plaqueta de preços. O amarelo e o vermelho têm o mesmo preço. O verde é mais barato. É necessário um pimentão de cada cor? Ela diz que sim com a cabeça. Diálogos longos devem fortalecer o corpo da mãe. É quase uma especialista em arremesso de pescoço. Separo os pimentões em três pacotes. Levo tudo à balança para calcular o preço.

Seguimos nossa diáspora entre marcas, preços e produtos. A lata de leite condensado agora é de papel. E retangular. A mãe olha para uma marca famosa. Uma vaca sorri. Analisa o preço, pesa a lata de papel na palma da mão. Aproxima-a bem dos olhos com óculos. A mãe necessita de um buraco no pescoço para respirar, de outro na barriga para comer. Óculos para enxergar. Quando precisar de cadeira de rodas para se arrastar, a vida se tornará um pouco mais difícil. Deixa o leite condensado famoso na prateleira. Pega outro. Olha o preço com atenção. Decide colocá-lo no carrinho. Noto que a marca escolhida é dez centavos mais barata. A mãe começa a se preocupar com o valor da compra.

O carrinho transborda. O rodo se agarra para não despencar. Vamos ao caixa. No meio do caminho, a mãe suspende os insignificantes movimentos. Gira o corpo e toma o rumo do açougue, ao fundo do supermercado. Vou atrás. Não posso abandonar meu vira-lata ao relento. Na fila, pergunto: De que tipo? A atendente corta o pacote com atenção. Olha para a mãe e despeja um quilo de linguiça na balança.

— Faz tempo que está com a traque?
— O quê?
— A traqueostomia. Faz tempo que ela tem?
— Dois anos.
— E quando vai tirar?
— Não vai tirar nunca. É irreversível.

Após a mórbida curiosidade, a atendente me entrega o pacote de linguiça. Finalmente vamos ao caixa. Lá fora, o calor é excessivo, vergonhoso.

Não gosto de pimentão. De nenhuma cor.

D.
A vizinha conduz a filha logo cedo pela mão. Varro a calçada diante de casa. O deslizar do portão de ferro produz um barulho agudo. Lá dentro, a mãe também está acordada. O dia começa sempre mais ou menos igual. Mãe e filha a caminho da escola. Eu às voltas com os afazeres da casa. O bom-dia é mútuo e simpático. Já não somos mais dois estranhos a se cumprimentar. Observo as duas sumirem na leve curva diante dos pinheiros.

Noto, na esquina oposta, dois cachorros. Estão grudados. Na infância, atirávamos pedras nos vira-latas quando o coito se prolongava sob a luz pálida dos postes. Assustados, cada um tomava um rumo rua afora. Nós continuávamos a atirar pedras no vazio.

5.
Ontem, quando voltei para casa, a mãe segurava uma lata de leite em pó na mão direita. Depois de velha, voltou a se alimentar somente de leite. Pela sonda. É um bebê sem berço. Com o dedo indicador esquerdo, tapa o buraco da traqueostomia e diz num miado quase inaudível: Estou cansada. Frase desnecessária. Sei que anda muito cansada desde que o câncer resolveu degustar a escuridão do seu pescoço. Todos estamos muito cansados. O câncer mastiga a carne alheia, mas consegue destruir quase tudo à sua volta. O esforço físico de encaixotar coisas lhe tira os poucos fiapos de vitalidade que o corpo ainda armazena. É por um bom motivo — está de mudança para a nova casa. Após a traqueostomia e a jejunostomia, chegou a hora de morar comigo. O câncer lhe arrancou todas as forças. A enfermeira era um gasto a ser cortado. Minha vida

de funcionário público não conseguia dar conta de tantos custos. Veio morar comigo. A derradeira casa antes da mudança em definitivo para o cemitério.

O cemitério de C. fica no caminho entre a nova casa e o hospital para cancerosos. No cemitério já a esperam a filha, um cunhado e um sobrinho. Os demais mortos não importam. Todos morreram jovens. A mãe morrerá com aquela idade em que não se é jovem nem velha. Hoje, tem sessenta. Sempre que levar a mãe ao hospital — e serão muitas vezes —, passaremos pelo cemitério. A pedra no meio do nosso caminho será sempre um túmulo.

Ao chegarmos a C. (no final da década de setenta), não imaginávamos nada. Apenas tínhamos deixado definitivamente a roça para trás. A mãe mandou os três filhos para a escola. Nós fomos. O meu irmão desistiu cedo de encarar as aborrecidas aulas de português. A minha irmã morreu aos vinte e sete anos. Eu estou aqui acompanhando o epílogo de uma história escrita por alguém que desconheço, mas, tenho certeza, não simpatiza muito comigo. A mãe não imaginava que o câncer escavaria sem piedade uma cratera na sua garganta; que a filha mais nova a abandonaria numa manhã que nunca termina; que o filho mais velho acabaria numa guerra imaginária; que o marido, num acesso etílico, tentaria matar seus filhos e atear fogo à casa, para depois ter o merecido fim; que terminaria seus dias respirando por um buraco no pescoço e se alimentando por outro na barriga. Sabia apenas que estava em C. — uma cidade grande. A cidade grande não fez bem à mãe.

As caixas de papelão estão espalhadas pela cozinha. Contêm apenas o essencial: comida, panelas, pratos. A nova casa está toda mobiliada com móveis sob medida, bonitos, modernos e caros. Não tenho tempo de ajudá-la na tarefa de embalar a exígua mudança. A enfermeira a auxilia. Preciso limpar a nova casa. Há tempos não faço faxinas domésticas. Agora, tenho diarista. A mãe trabalhou a vida inteira de doméstica. Poderia ter chamado a diarista para dar uma geral na casa que receberá a mãe, mas resolvi enfiar balde, vassouras, panos, material de limpeza no carro. Não sei muito bem por que tomei a decisão de imitar o trabalho da mãe. Talvez pelo simples fato de que ela já não consegue mais fazê-lo. No caminho, deixo o cemitério para trás. Na volta, dou de cara com ele. O cemitério estará sempre lá, à nossa espera.

Varri todo o pó. A casa é nova, mas passou por alguns ajustes para receber a mãe. A obra na cozinha deixou um rastro de poeira por todos os cômodos. O pó toma conta de tudo. É difícil acabar com ele. Quando morrer, quero ser cremado. Virar pó. A mãe repudia a ideia do filho ser cremado. Acha que não entrarei no Céu, não serei recebido por São Pedro. Tem de ser enterrado, comido pelos vermes, apodrecer dentro de um caixão. Só assim Deus dará valor à sua morte e o receberá de braços abertos. Pelo menos é nisso em que a mãe acredita. Talvez tenha razão. Desisti de ir para o Céu há algum tempo.

Os jazigos do cemitério são todos de concreto. Feios, malcuidados. A minha irmã está numa gaveta, enfiada numa parede cinza. O outro cemitério de C. é mais bonito: os mortos são enterrados num aprazível gramado. Alguns estão embaixo de árvores, à sombra. Não sofrem com o sol ardido do verão. É até agradável passear entre os túmulos. Lembram um parque. Um tanto mórbido, mas um parque. O pai trabalhou um tempo lá: motorista do caminhão que transportava a terra dos buracos dos túmulos. Um trabalho bem estranho. Na escola, quando me perguntavam o que meu pai fazia, eu respondia com certo receio: motorista do caminhão do cemitério. E todos imaginavam que ele transportava os mortos. Todos ríamos. Eu, para não admitir o incômodo com aquela profissão do pai. A mãe lavava pratos, cuecas e calcinhas na casa dos outros. O pai cavava buracos para defuntos. Profissões de pouco futuro. Mas não dá para enterrar a mãe no cemitério com gramado. É muito caro. Quando não se tem muito dinheiro em vida, recomenda-se economizar na hora da morte.

Quando terminei a limpeza, olhei a casa com mais carinho. É aqui que ficaremos. É pequena, bem pequena, mas muito agradável. E o mais importante: é de tijolos. A última casa da mãe será a primeira de concreto. O túmulo não conta. Quando casou, morou numa tapera de chão batido no meio do mato. Depois, já com os filhos, mudou-se para uma casa de madeira que o vento sempre ameaçava derrubar com a maior facilidade. Em C., mais duas casas de madeira, pequenas, acanhadas, malfeitas. A atual está prestes a ser devorada pelos cupins, que se fartam na madeira vagabunda. Os cupins são o câncer da casa da mãe. Não há quimioterapia que dê jeito. Agora, enfim uma casa de concreto. A mãe está definitivamente protegida do lobo mau e dos cupins.

Pena que seja tarde demais.

E.
Aos poucos, o bom-dia se alongou em frases curtas sobre o clima, a saúde da mãe, a filha — assuntos banais que nos atiravam para uma proximidade desejada.

    Naquele fim de tarde, a mãe mexeu apenas os olhos quando a vizinha cruzou a soleira da porta e sentou-se ao seu lado no sofá molenga. Ficaram as duas em silêncio enquanto eu fazia o café. Depois disso, tornou-se rotina a presença da vizinha em nossa casa. Até que, num dia de muita chuva, ela contou-me sobre o velho e pediu-me para substituí-la.

6.
A mãe acredita em Deus. No sofá, acaricia as páginas da Bíblia. Deus está em algum lugar ali dentro, nas entrelinhas. A mãe não sabe muito bem onde, mas acredita. Desço a escada. O dia começa. Todas as manhãs a encontro no mesmo lugar. Não desiste nunca. Algo a impulsiona na permanente imobilidade. Vejo um desajeitado louva-a-deus — inseto estranho e temido — folheando o livro sagrado. Certa manhã, ao despertar de sonhos intranquilos, deparei-me com a mãe metamorfoseada num louva-a-deus monstruoso. Presto muita atenção onde piso. Os degraus metálicos são estreitos. A mãe pendura o invólucro com o líquido hipercalórico. Senta-se à espera do insosso café da manhã. Mastiga o líquido esbranquiçado pelo buraco do abdômen. Não passa de um rombo na pele flácida, costeado por uma montoeira de esparadrapo. A cânula

plástica fica ali, balangando. Desvio o olhar da parafernália grudada na barriga da mãe, raspo o tornozelo nas páginas bíblicas, digo o protocolar bom-dia e sigo para a cozinha.

O louva-a-deus é venerado na China. Alguns estilos do kung fu são baseados nos movimentos do inseto de ambições divinas. Eu sonhava ser um mestre de artes marciais. Dar piruetas estrambóticas, quebrar telhas com chutes certeiros, voar pequenas distâncias pelos telhados dos vizinhos. Chamava os amigos e amarrava numa árvore um saco de estopa cheio de areia. O matagal ao lado de casa cedia espaço para as filmagens de um longa-metragem de artes marciais cujo fim não nos importava. Eu era o mestre chinês da tevê. Enfrentava todos os inimigos com saltos de louva-a-deus. Os berros causados por golpes improvisados alertavam a mãe. Nossas orelhas grudavam com facilidade nas mãos ásperas, nos dedos de dinossauro. Éramos arrastados para dentro de casa — lugar menos perigoso para crianças com ambições desproporcionais à completa falta de elasticidade. Aos poucos, perdi o interesse pelo mestre chinês. Ele me parecia um tanto ridículo com seus pulinhos e gritinhos histéricos. O pato tagarela do desenho animado era mais divertido. E menos perigoso. Não me recordo dos canhestros golpes no saco de areia quando desço a escada a cada manhã e encontro um louva-a-deus agonizando.

A mãe usa óculos redondos. Eles deslizam pelo nariz. A Bíblia nos joelhos é devorada com a lentidão de quem pouco frequentou a escola. Dois anos no máximo. Na roça, a enxada é sempre mais importante que o lápis. A palavra de Deus chega quase estrangeira aos olhos da mãe. Nem sempre Deus escreve certo por linhas tortas. O louva-a-deus lembra uma pessoa rezando. O apelido é muito óbvio, mas ele não devora palavras sagradas. Ao fim do ato sexual, a fêmea mata e saboreia o macho. É um destino tragicômico: após o gozo, a morte. Tenho dúvidas de que meu pai fosse aquele homem lento que, às vezes, aparecia em casa em busca de comida. A mãe teria devorado meu verdadeiro pai após a cópula que me atirou para este lado do mundo? Ser filho de louva-a-deus é padecer num abismo de dúvidas. Existem cerca de duas mil e quatrocentas espécies de louva-a-deus. A mãe é da espécie azarada.

Jardineiros gostam de louva-a-deus. São agressivos e caçam moscas e afídeos — os vulgares pulgões. Deixam os jardins em ordem sem o uso excessivo de produtos químicos. Faxineiros famintos e disciplinados, preparam emboscadas e atacam em voos espetaculares, que lembram um caça de combate. A mãe gosta de plantas. Deseja um jardim na nova casa. Logo faremos. Talvez seja vertical devido à falta de espaço. Quando chegamos a C., no final dos anos 1970, fomos morar de favor numa chácara de flores.

Passávamos os dias entre samambaias, azaleias, crisântemos e avencas. A mãe ia à frente, puxando uma longa mangueira. Percorria as estufas para regar as plantas. Eu, um menino magricelo, desenroscava a mangueira, que serpenteava sem muita mobilidade. Vivi parte da infância atrás da mãe. Agora, é ela que rasteja nos meus calcanhares, sem forças para se desenroscar.

Na chácara, matava insetos e os enterrava no fundo de casa. Treinava o ritual da morte. Colocava os defuntos em caixas de fósforos. Às vezes, o irmão me acompanhava. Deitava grilos, joaninhas e aranhas. Escrevia nomes e datas em caprichadas lápides de papel. Construía cruzes com varetas de bambu. Fantasmas de insetos sobrevoavam meu sono. Era raro matar um louva-a-deus. Havia poucos, e o medo não deixava me aproximar deles. Na igreja, aos domingos pela manhã, eu ajoelhava e rezava com fervor. Também tive meus dias de louva-a-deus. A mãe levou todos os três filhos à catequese. O mundo não poderia nos seduzir. Tínhamos de nos agarrar às mãos invisíveis de Deus. No auge da fé, cheguei a coroinha. A mãe orgulhava-se da minha intimidade com Deus. Nos velórios atrás de casa, orava com devoção. Lia trechos da Bíblia. Encomendava a alma dos grilos para o Nosso Senhor Jesus Cristo. Por minha culpa, o Céu deve estar infestado de insetos.

Quando a mãe morrer, não será possível enterrá-la numa caixa de fósforos, a não ser que o câncer a transforme num desprezível inseto. Terei de comprar um caixão; o lote está lá à sua espera. Se ainda morássemos na chácara de flores, poderia construir um belo túmulo atrás de casa. Cavaria um buraco estreito — a mãe está magra como um varapau — e colocaria nome e datas numa lápide de cartolina. Deus ganharia a companhia de mais um inseto. Um louva-a-deus de verdade.

F.
— Eu estive lá.

A frase sai com decisão do corpo frágil. Não imaginava que ele fosse tão velho. Entra na sala amparado em uma bengala. Senta-se à minha frente. O longo abismo do silêncio parece não ter fim. As veias azuis nas costas das mãos reluzem. Manchas pintam toda a pele visível. Um corpo oxidado, corroído pela ferrugem. Difícil definir sua idade.

— Eu estive lá. Eu era uma criança saudável.

Aponta o livro nas minhas mãos.

7.
Completo quarenta anos. Levo a mãe ao oncologista. Sempre que o rosto ganha uma cor indefinida, entorta para os lados, e o chiado do pescoço se transforma num ruído monstruoso, é preciso fazer alguma coisa — mesmo sem saber muito bem o quê. Com pouca esperança, estaciono o carro a uma quadra do consultório. Poucos metros representam uma maratona a uma mulher com câncer. Arrastamo-nos pela calçada irregular sob o sol do início da manhã — uma tartaruga e uma lesma apostando uma corrida cujo vencedor também sairá derrotado. Ao meu lado, a mãe respira com dificuldade, o ar passa estrangulado pela traqueostomia, o corpo sofre para se mover. Está grudada no meu braço direito. Depois de velha, a mãe se transformou num inseguro sagui. Nem desconfia de que meus braços são galhos de uma árvore con-

denada pelo pavor. Tenho medo de começar órfão a vida aos quarenta.

A secretária é simpática. Pede-me a identidade para preencher o recibo da consulta. Espero que o governo me restitua parte do dinheiro que gasto por ele. Cansado das filas do hospital para cancerosos, resolvi levar a mãe a um médico particular. A luta contra o câncer é igual a qualquer batalha: não se pode desistir antes da derrota. Ao escrever a data do recibo, a secretária ignora os meus quarenta anos: a data do meu nascimento na identidade não lhe diz nada. Nasci neste dia, por volta das onze da noite. Talvez tenha evitado me felicitar pelo aniversário. As pessoas não sabem muito bem como reagir diante do aspecto monstruoso da mãe. O olhar de pena é um lugar-comum.

O médico é japonês. Ótimo sinal. Japoneses normalmente são atenciosos, calmos e pacientes. Mulheres com câncer precisam de muita paciência. Conduzo a mãe até a cadeira diante do médico. Sou a tartaruga e estou em melhor forma física. Explico o que sei sobre o câncer da mãe. Há vários buracos no meu relato. Entrego ao médico todos os exames realizados. Exames sabem mais sobre câncer que filhos desesperados. Ele analisa tudo com muita atenção. Enquanto ele vasculha os resultados, digo que gostaria que a mãe tivesse uma qualidade de vida um pouco melhor. Uma frase óbvia e quase ridícula. Deveria ter gritado: Socorro! Pode levar esta embora e me devolver a outra.

O oncologista nos encara: Os exames estão ótimos. Coração, pulmão, fígado e rim estão muito bem. Em termos técnicos, nos diz que o câncer foi destruído pela quimioterapia e pela radioterapia. Desconfio de que esteja apenas escondido sob a unha do dedão do pé direito. A qualquer momento, sairá de mansinho e começará a mastigar as pelancas da mãe de novo. Ela poderá viver até os noventa anos. A afirmação tira a mãe do mundo dos cancerosos. Olha-me espantada. Não esperávamos por essa maldição.

E esse aspecto do rosto, o inchaço, a deformação, esta cor, este cheiro?, pergunto, sem escancarar minha agonia.

O médico explica que tudo é resultado do tratamento. Destruiu o câncer e o pescoço da mãe. Resumindo, o sangue não circula direito pela região bombardeada — o que transforma a mãe em algo irreconhecível e, às vezes, pavoroso. Não há o que fazer. Às vezes, está melhor; outras, muito pior. Não basta ter câncer, é preciso contar com a sorte. Para ela chegar aos noventa ainda faltam trinta anos. Se a maldição do médico estiver correta, terei setenta anos no velório da mãe. Não vou esperar tanto tempo.

Em seguida, o médico começa a escrever sem pressa numa folha com o logotipo da clínica. Linfedema, disfagia, dilatação esofágica, edema, fibrose, retração cicatricial — palavras que tentam explicar nosso desespero. Não há vocábulo capaz disso. O médico abandona a escrita e apela para desenhos de traço infantil. Desenha uma garganta, simula a traqueostomia, explica o funcionamento daquilo que não enxergamos. Mostra a mãe por dentro. Hoje ela é mais bonita por dentro que por fora. Se abrisse o corpo da mãe, o que encontraria? Ao esboçar o aparelho da traqueostomia, sinto vontade de gargalhar. Os tubos tortos lembram um diminuto vibrador.

Após a rápida aula sobre o funcionamento de parte do corpo humano, o médico prescreve dois medicamentos para amenizar o sofrimento da sua nova paciente. Marca o retorno para dali dez dias. Estendo-lhe o recibo para que o assine. A assinatura pequena apenas raspa a data. Completo quarenta anos. Não farei festa. Seria um tanto inconveniente. Melhor economizar para a comemoração de noventa anos da mãe. Desisto de perguntar se foi ele quem escolheu o ventilador da sala de espera. O médico e o ventilador têm o mesmo nome. Seria só mais uma tolice. Ele abre a porta e se despede. A mãe se agarra ao meu braço esquerdo. Precisamos retomar a nossa maratona.

Ainda estamos em último lugar.

G.
— Às vezes, ele vai falar durante um bom tempo. Não faça nada. Apenas ouça. Com o tempo, você vai notar que narra trechos do livro. Não se espante: ele sabe de cor, palavra por palavra. No começo fiquei assustada, mas depois apenas ficava ouvindo aquela voz rouca como se fosse uma reza terrível, de um tempo terrível.

— Quem é ele?

— Quando a mulher me contratou, disse que ele era um sobrevivente. Só isso: um sobrevivente. E me pediu para não fazer mais perguntas. Era apenas para ler o livro. No começo, estranhei tudo aquilo, mas com o tempo fui me acostumando ao velho, ao cheiro da casa, àquela estranha mulher. Agora não consigo mais. Não aguento mais ler este livro. Não aguento mais estas histórias de guerra, morte, violência, câmara de gás. Não acredito em Deus, mas se ele existir, deve ser alguém um tanto sádico.

— Não acredita em Deus, em nada?

— Nem penso nisso. Deus me parece um lugar muito distante.

— Não sei. Vou continuar lendo para o velho. É até divertido ir lá. Fujo um pouco da realidade.

Ela sorri da minha frase um tanto absurda. Deve saber que dessa realidade não há fuga possível. A noite atravessa os vãos entre os pinheiros quando a vizinha diz boa noite. A mãe está no quarto. Já estou acostumado ao ininterrupto barulho que preenche o silêncio da casa.

8.
Não preciso mais de despertador. Sempre no mesmo horário o som esganiçado volteia pela escada e me alcança. É bem cedo. Lá fora, a claridade apenas se insinua. A luz dos postes e a do dia se confundem. O despertar é lento. O barulho chega a mim aos poucos, mas ritmado. Consigo prever exatamente o espaço entre um e outro trinado. Das cobertas, acompanho o tiquetaquear agônico e persistente. Agora está na cozinha. O arrastar de correntes se espalha pelo calabouço. A chaleira bufa sobre o fogão de seis bocas. Em breve, o cheiro de café subirá os degraus de metal e preencherá o vazio do quarto. A casa é pequena. Os sons percorrem todos os cômodos. Ouço a água escorrer na pia do banheiro. A descarga produz um grito seco. Os passos se movem de volta à cozinha. Estão em torno da mesa. A fruteira no centro abriga banana, laranja,

maçã e manga. O pacote de pão está sempre na borda direita. A caneca é colorida e destoa do restante da casa. A mesa do café da manhã é uma paisagem árida e monótona. Começam óbvios os nossos dias.

A colher imita o liquidificador. No copo plástico, o leite se mistura ao pó — café da manhã, almoço e jantar são iguais. A mãe come sempre a mesma coisa. O sabor tanto faz. A comida líquida entra pela sonda enfiada na barriga. Mistura com paciência e rigor a primeira dieta do dia. Não pode empelotar. O barulho se esfacela aos poucos. Escuto o deslocar de cadeira. Os pés de madeira irritam o piso de cerâmica. Agora, ela está no sofá à espera de que o líquido esbranquiçado e de aspecto doentio escorra pela mangueirinha em direção à flácida carne do abdômen. Quando me liberto das cobertas, o dia já ganhou as ruas de C. Desço a escada espiralada. Não se pode facilitar quando o corpo ainda está se adaptando ao mundo. A mãe tem paciência. Mulheres com câncer precisam de paciência. Digo-lhe bom dia. Ela levanta a mão direita. Poderia ser um guarda de trânsito. Ou um fantoche de ditador. Poderíamos inventar um código: mão direita para cima, bom dia; mão esquerda para o alto, foda-se o mundo. A mão esquerda teria muito mais trabalho.

Sento-me à mesa. A caneca ganha leite e café. O pão, manteiga e queijo. Mastigo com a paciência de quem desconfia de que a vida passa muito depressa. A mãe fez bolachas. Têm um aspecto pouco atrativo, mas estão gostosas. Escolho uma banana e a deixo sobre a mesa. Está madura. Sempre termino o café e a banana fica ali. Intacta. Banana era a fruta preferida da mãe. Hoje, ela não prefere nada. Se dá por satisfeita quando consegue respirar razoavelmente bem. Retiro a xícara, o prato e os talheres. Deixo tudo na pia.

Na sala, a mãe está no sofá. Sempre lê a Bíblia pela manhã. Aos poucos, aos pedaços, com muita dificuldade. A Bíblia é a palavra cruzada da mãe. Ela nunca descobrirá a última palavra, e as respostas ao final estão ilegíveis.

Quando desço novamente a escada — já vestido para o encontro com o velho —, vejo a mãe retorcida no sofá. Do pescoço salta o barulho. Imagino que um passarinho em breve sairá pelo buraco da traqueostomia e cuspirá na minha cara: cuco. A Bíblia faz companhia aos seus pés ressecados. O corpo magro cabe com folga no sofá de dois lugares. Os cabelos pintados escondem parte do rosto deformado. O sono parece profundo. Nunca tenho certeza. A televisão segue desligada. O silêncio é quase absoluto. Ouve-se apenas o ronronar desagradável vindo da traqueostomia da mãe. Abro a porta e saio para a rua ensolarada.

Meu despertador agora dorme.

H.
— Os companheiros dormem. Respiram, roncam, alguns se queixam e falam. Muitos estalam os lábios e mexem os maxilares. Sonham que comem. Esse também é um sonho de todos, um sonho cruel; quem criou o mito de Tântalo devia conhecê-lo. Não apenas se vê a comida: sente-se na mão, clara, concreta; percebe-se seu cheiro, gordo e penetrante; aproximam-na de nós, até tocar nossos lábios; logo sobrevém algum fato, cada vez diferente, e o ato se interrompe. Então o sonho se dissolve, cinde-se em seus elementos, mas recompõe-se logo, recomeça, semelhante e diverso; e isso sem descanso, para cada um de nós, a cada noite, enquanto a alvorada não vem.

É espantoso como o velho consegue repetir palavra por palavra do livro, com lentidão e cadência. Às vezes, para, respira fundo e continua, como se cavoucasse o fundo do cérebro com as mãos em busca de letras que possam dar significado a algo.

— Assim transcorrem as nossas noites. O sonho de Tântalo e o sonho da narração inserem-se num contexto de imagens mais confusas: o sofrimento do dia, feito de fome, pancadas, frio, cansaço, medo e promiscuidade, transforma-se, à noite, em pesadelos disformes de inaudita violência, como, na vida livre, só acontecem nas noites de febre.

O velho nem percebe que continuo a leitura no exato trecho em que ele parou de recitar. Dorme com a cabeça pendida para a esquerda.

9.
A traqueostomia da mãe não é das melhores. Às vezes emperra. É um momento de tensão e agonia. Quando desci a desajeitada escada, encontrei-a paralisada no sofá. O olhar pedia socorro, mas tentava transmitir tranquilidade. É difícil esconder o desespero. Ao seu redor, feito uma biruta desgovernada, a vizinha repetia: Não quer sair, não quer sair. Ajoelhei-me no piso de lajotas. Com muito cuidado, girei a trava da traqueostomia para a direita e para a esquerda. Nas bordas da plaquinha de alumínio colada ao pescoço, algo gosmento — uma mistura de pus e catarro — se desprendia. Dói, mãe? Ela balança a cabeça. Diz que não. Tento outras vezes. É a primeira vez que vasculho a traqueostomia alheia. Sou um homem covarde. Sinto pena e asco. Dói, mãe? A cabeça deformada desloca--se para os lados. A vizinha assiste muda à sessão de

tortura. Na tevê de imagem chuviscada, a apresentadora discute a importância dos óculos escuros e como combiná-los adequadamente com a roupa. Desisto de retirar a cânula metálica do pescoço da mãe. Ela agoniza, sufoca. Dói, mãe?

Na porta do hospital, o homem tem apenas uma narina. A outra é uma cratera, um rombo no meio do rosto. Ótima maneira de ser recebido num hospital para cancerosos. É a certeza de não ter errado o endereço. Deixo a mãe e a vizinha na porta de entrada e estaciono o carro à sombra de cedros. Do estacionamento à portaria, o passeio é agradável. Muitas árvores e um gramado bem cuidado transmitem uma paz inexistente. Na lateral à esquerda, uma capela para orações. Impressiona-me muito a ubiquidade divina.

Da nova morada da mãe até o hospital são dez quilômetros. O trajeto é seguro; a paisagem, bonita. Fizemos toda a viagem em absoluto silêncio. Ou quase. A mãe respira com muita dificuldade e emite um ruído pesado, abafado — uma fábrica falida; um elefante magricela agonizando. Pensei em colocar uma música para competir com o ronco da traqueostomia entupida, mas não há canção capaz de derrotar o silêncio ruidoso da morte.

A mãe está na emergência à espera de socorro. Sei que vai demorar. Sempre demora. Além do homem sem nariz, largado na cadeira de rodas, outras cento e treze pessoas se amontoam na sala quase insuficiente para abrigar tanta gente. São doentes e familiares. Alguns familiares são solidários no câncer. Muitos estão mutilados. Faltam dedos, seios, pedaços do pescoço, do rosto. O câncer tem péssimo gosto estético. São pessoas com defeito de fabricação. Ao fundo, um homem retira os óculos escuros para acariciar o rosto. Falta-lhe o olho direito. Coça o olho que lhe resta e recoloca os óculos. A roupa não combina com os óculos de sol.

Vários pescoços carregam traqueostomia. Descubro que todos têm o mesmo sotaque — o de um gato cansado e fanho. Quando o aparelhinho entope, o gato entra em desespero. Uma placa na parede é quase maldosa: Sorria, você está sendo filmado. Eu sorrio. O homem sem nariz não sorri. A mulher sem orelha não sorri. O menino ao lado da mãe, cuja urina está numa bolsa plástica conectada à barriga, não sorri. A velha com um lenço para esconder a cabeça sem nenhum fio de cabelo não sorri. Ninguém obedece a placa.

Deixo a sala e ganho o pátio ensolarado. Nas lixeiras, moscas e abelhas disputam as beiradas das latas de refrigerante. Não há lógica nos tonéis de separação de lixo reciclável: restos de comida, papel, plástico e lata estão todos misturados. Pessoas com câncer não se preocupam muito com o meio ambiente. Alguns doentes caminham sem rumo. Estão à espera de um chamado que nunca vem. As horas se arrastam no hospital. O tempo passa mais devagar para quem tem câncer, pelo menos para aqueles que esperam atendimento.

Encosto-me no gradil. Lá embaixo, avisto a ala para atendimento a convênios e particulares. Ali, poucas pessoas aguardam numa sala arejada e organizada. Não há confusão. Todos estão bem acomodados, apesar de a fisionomia dos doentes também não ser das melhores. O câncer come o pobre e o rico com o mesmo apetite. A rampa de acesso é melhor que a de cima. As pessoas estão bem vestidas. Chegam amparadas em cadeiras de rodas em perfeito estado. Os carros estacionados valem muito dinheiro. O câncer, às vezes, tem classe social. O hospital foi construído por um atrapalhado engenheiro divino: o Inferno fica em cima; o Purgatório, embaixo. O Céu ninguém sabe muito bem onde se localiza.

De volta à sala atulhada de mutilados, noto que muitos seguram copos e pacotinhos plásticos. Funcionários passam e oferecem chá e bolacha. Chá do quê?, pergunto. Não sei dizer, responde a atarefada atendente, sem me dar muita atenção. Minha aparência saudável é uma espécie de insulto. Decido não aceitar chá e bolacha. Não tenho fome, apesar de estar há quase quatro horas em pé à espera que desentupam o pescoço da mãe. Noto que as bolachas estão todas quebradas. Talvez restos de uma fábrica bondosa. O chá, pelo menos, está quente. A fumaça no copinho plástico é um alento.

Cansado de esperar, resolvo bater na porta do pronto atendimento. É só mais uma ironia do mundo:

um pronto atendimento cuja espera chega a quatro horas. A mãe é um amontoado de ossos num banco. Está mais difícil para respirar? Ela balança a cabeça. Leio o nome da médica no jaleco. É loira e jovem. Explico que a mãe precisa de atendimento urgente. Já é quase meio-dia. Sem perder o sorriso, a jovem médica garante que ela será a próxima. Não mente. A mãe é chamada e some por uma porta. Menos de cinco minutos depois, retorna. A nova engrenagem no pescoço brilha. O gato cansado está mais feliz. Transformou-se num passarinho desafinado. Está assobiando, a mãe diz com dificuldade. Melhor assim, mãe. Mas, ao fim, o gato sempre come o passarinho. Ganhamos o hall de entrada. A distribuição de chá e bolacha continua. O homem sem nariz segue aguardando. Colocamos a mãe no carro.

A mãe precisa almoçar leite pela sonda. Chá e bolacha quebrada não passam pela cânula gotejante. O trajeto de retorno é sempre agradável e seguro.

I.
O velho recolhe a manga da camisa. Sobre a pele enrugada desponta o número três feito um animal peçonhento, um inimigo à espreita.

— Carrego comigo todos os pesadelos.

A voz parece um ganido aprisionado há séculos.

Olho-o de frente. Ele desiste, interrompe o movimento da mão sobre o pano. O número três fica ali, estático, pequeno ponto de uma história inacreditável. Não é possível divisar o restante dos números, se é que eles existem.

O velho levanta-se e me deixa sozinho com as réstias de sol que atravessam a janela.

10.
A mãe precisa subir uma escada. São dezenove degraus. Estou ao seu lado. No topo, o consultório da nutricionista. As árvores projetam sombra nos degraus emborrachados. Sobe-se escada de frente, pois de costas ou de lado torna-se particularmente incômodo. Assim estamos: de frente. A mãe agarrada ao meu braço direito — os passos pequenos, miúdos, desesperados. Uma criança engatinhando pelos móveis da casa, desafiando o tombo inevitável. A atitude natural consiste em manter-se em pé, os braços dependurados sem esforço, a cabeça erguida, embora não tanto que os olhos deixem de ver os degraus imediatamente superiores ao que se está pisando, a respiração lenta e regular. A mãe tem pouco de natural. É um boneco destrambelhado à espera de amparo. O olhar sempre para o chão. O pescoço perdeu a vitalidade para

sustentar a cabeça deformada. A respiração é lenta e ruidosa. Subir escadas ou escalar uma montanha nos parece a mesma coisa. Há sempre o risco de morrer no meio do caminho. Na ida ou na volta.

Para subir uma escada, começa-se por levantar aquela parte do corpo situada embaixo à direita, quase sempre envolvida em couro ou camurça, e que salvo algumas exceções cabe exatamente no degrau. Colocando no primeiro degrau essa parte, que para simplificar chamaremos de pé, recolhe-se a parte correspondente do lado esquerdo (também chamada pé, mas que não se deve confundir com o pé já mencionado), e, levando-se à altura do pé, faz-se que ela continue até colocá-la no segundo degrau, com o que neste descansará o pé, e no primeiro descansará o pé. Os pés da mãe estão revestidos de sapatilhas de pano. Xadrez com lacinho. Se fosse uma menina de quinze anos, combinariam muito bem. A mãe não segue as instruções. O pé direito aterrissa no primeiro degrau. O esquerdo não tem forças para subir ao segundo degrau. Cai, abatido, ao lado do direito. Esquerdo e direito no primeiro degrau. Calculo: nesta velocidade, demoraremos o dobro do tempo para vencer os dezenove degraus da montanha emborrachada.

O pé direito da mãe tem um corte longitudinal feito para expulsar o tétano na juventude. O rasgo imenso do calcanhar ao meio dos dedos. O tétano pelo pé. O câncer pelo pescoço. No hospital — ou algo parecido na geografia de um mundo precário —, abriram o pé da mãe e o escovaram com brutalidade. Até hoje a mãe sente a escovinha a arranhar-lhe a carne desprotegida. Talvez o método um tanto bárbaro de cura tenha colaborado para deixar o pé direito da mãe esparramado e grande. Ela calça quarenta. Eu, quarenta e um. Estou em vantagem. Sempre um número à frente dela.

Mas agora estou ao seu lado, na escada de dezenove degraus. Recorro às instruções para subir uma escada. Nada mais me vem à cabeça ao encarar os degraus rumo a uma nutricionista tagarela e empolgada com a magreza alheia. Ao segundo degrau, vai o pé direito. Em seguida, o esquerdo. É mais difícil subir uma escada nessa simetria torta: os pés de alguém com câncer têm pouca lógica — apenas a da sobrevivência. Tenho de acompanhar os passos da mãe. Pé direito no terceiro degrau, pé esquerdo no terceiro degrau. Seguimos na lentidão que nos é possível. (Os primeiros degraus são os mais difíceis, até se adquirir a coordenação necessária. A coincidência de nomes entre o pé e o pé torna difícil a explicação. Deve-se ter um cuidado especial em não levantar ao mesmo tempo o pé e o pé.) Não tenho essa preocupação: à mãe, é impossível levantar ao mesmo tempo o esquerdo e o direito. É quase impossível levantar um de cada vez.

A mãe ganhou oitocentos gramas em quinze dias. A nutricionista se mostra animada. Aos poucos, recupera os vários quilos devorados pelo câncer. Ainda falta muito. Se for difícil subir a escada, da próxima vez a atendo lá embaixo. A nutricionista está disposta a descer a montanha em caso de emergência. A mãe balança a cabeça. Resiste à derrota. Após a despedida, a mãe encara os dezenove degraus. É mais fácil subir ou descer uma montanha? Agarra-se ao corrimão de metal. Depois, ao meu braço direito. Confia mais no corrimão ou no meu braço magro?

Desce-se as escadas de frente, pois de costas ou de lado tornam-se particularmente incômodas. E bem devagar, bem devagar. Até se alcançar terra firme.

J.
— Ele me mostrou o número.
　— O número todo?
　— Vi apenas o três. Está meio apagado.
　— Sei.
O silêncio quase sempre se infiltra entre nós.

(C. não é uma cidade silenciosa. É como todas as demais. Assustei-me quando cheguei aqui. Era uma criança arrastada pela mãe; agora sou um homem a arrastar o que sobrou da mãe.)

— Aos poucos, ele te mostrará todos os números. São seis. Ele me disse que são os números que contam a história dele.

11.
Chegamos cedo ao hospital. Chove muito. Manifestações ganham força por todo o país. As ruas de C. estão tomadas por jovens, cartazes e muito barulho. Sinceramente, não sei o que a multidão reivindica. Estou à margem do mundo. Arrasto a mãe pelos corredores atulhados. Vamos à quimioterapia. À entrada, em pé, o homem das três semanas anteriores. O caninho enfiado no nariz não me deixa esquecê-lo. Veste os mesmos boné e jaqueta. A jaqueta tem o nome de um carro às costas. No balcão, estendo a carteirinha amarela da mãe. Seria possível atendê-la agora? Tenho um compromisso por volta do meio-dia. A informação não surte nenhum efeito. A atendente responde que o medicamento ainda não está disponível. Mas é apenas uma injeção, reclamo. Não há o que fazer a não ser esperar. Espero ao lado

da mãe. Tento iniciar o livro cuja leitura eu protelava havia muito tempo.

Uma voluntária vem falar comigo. Nos conhecemos há três sessões de quimioterapia. O seu marido morreu de câncer. Agora, tenta ajudar os que estão na fila para morrer. Serve chá quente pelos corredores. É simpática. Diz que vai verificar sobre o medicamento. Minto que preciso viajar. Sai por um corredor a passos rápidos. Volto ao livro: Aos poucos a fé se enfraquecia. Difícil é acreditar numa coisa quando se está sozinho e não se pode falar com ninguém. Justamente naquela época, D. deu-se conta de que os homens, ainda que possam se querer bem, permanecem sempre distantes; que se alguém sofre, a dor é totalmente sua, ninguém mais pode tomar para si uma mínima parte dela; que se alguém sofre, os outros não vão sofrer por isso, ainda que o amor seja grande, e é isso que causa a solidão da vida.

O medicamento chega. A mãe ganha uma agulhada na nádega enrugada. Ela se contorce toda. Uma lagarta queimada na chapa quente.

K.
A mãe está na cama. O barulho é suave, mas nos encontra no sofá, sentados em extremidades opostas. Entre nós, o vão que durante o dia abriga a mãe. A tevê segue ligada, um esforço inútil para aliviar o silêncio. A vizinha chegou no início da noite. Combinamos que ficaria até mais tarde. A filha está na casa da única prima.

— São só vocês dois?

A pergunta é direta, mas o tom de voz baixo ameniza o impacto.

— Sim. Já faz algum tempo que somos apenas nós dois. Desde que ela ficou doente muita coisa mudou.

— E o seu pai?

— Não está mais aqui.

— ...

— Meu irmão segue internado. Minha irmã morreu jovem.

O diálogo se interrompe. A curiosidade é exígua. Cabe perfeitamente entre nós. Quase nada sabemos um do outro.

— Ele me abandonou — diz, sem alterar o tom de voz.

— Faz tempo?

— Quando ela nasceu. Nunca mais o vi.

O ruído da tevê anuncia atrocidades. Mais uma bomba explodiu sobre casas numa das guerras que nunca acabam. Mulheres e crianças choram. Homens carregam os corpos.

No quarto, a mãe ronca suavemente.

12.
Quando trouxe a mãe para a casa de concreto, tive um grande problema: livrar-me de um guarda-roupa. Antes da mudança, eu a trouxe para conhecer a nova morada. A casa, quase vazia, à sua espera. Não desconfiava de que a vida que a habitaria está no fim. Uma réstia do que um dia foi uma mulher. Chegamos com o sol às bordas de despencar na noite. Com dificuldade, a mãe conhece a sala na entrada da nova morada. Trêmula, ampara-se no meu braço. Ela tem apenas duas mãos e o sentimento do mundo. Nossos braços sempre foram muito magros, mas os dela agora lembram gravetos. A poeira da rua em obras invade o piso, deixa uma camada marrom na laje de cor clara. É uma casa pequena, mas enorme para nos abrigar: um homem de quase quarenta anos e uma mulher com câncer cuja idade não faz a menor diferença. Além de corpos, são necessários

móveis. Carne, sangue, tijolo e madeira. Com pouco se constrói uma casa. Um guarda-roupa é feito de madeira, gavetas, cabides, roupas e alguns fantasmas. Definimos os quartos. A casa será tomada cômodo a cômodo, com a eficiência dos desesperados.

Não lembro com que roupa sepultamos minha irmã. As flores de cheiro desagradável escondiam quase tudo — do pescoço para baixo nada se via, a não ser crisântemos amarelos. No centro, o rosto com a marca da pedrada na testa, herdada na infância. Quando a bicicleta a atingiu em cheio a caminho da escola, ela vestia o uniforme azul doado pelo governo. Sacudimos a poeira e o sangue do corpo e voltamos para casa, felizes pelo dia longe da sala de aula. Passamos a tarde no alto dos pés de nêsperas, que chamávamos de ameixa amarela. Cuspíamos os caroços negros e lisos na terra úmida. A mãe costurava calções de tergal e elástico reforçado. Com eles, raspávamos a bunda nos galhos finos das árvores de frutas azedas. Um único guarda-roupa era suficiente para abrigar toda a frágil indumentária dos três filhos.

A nova casa é de tijolos. A de madeira está se esfarelando. O câncer devora com mais facilidade a madeira. Minha mãe é uma velha bracatinga. Cada quarto terá um guarda-roupa. Neles, uma coleção antiquada: camisas e calças mal cortadas, sapatos empoeirados, algumas peças imaculadas, sem uso, sem o contorno de corpo algum. A camiseta sem o vinco de um seio morto também está morta.

Abro a porta. Escancaro um defunto. Entre o cheiro de roupas velhas, minha irmã morta há dez anos. Olha-nos com indiferença. Por que a deixamos ali por tanto tempo? Mas o que são dez anos num guarda-roupa comparados à eternidade do túmulo? O móvel aprisiona um anacrônico conjunto de peças abandonadas no tempo. Sim, há uma culpada pela exumação tardia: a mãe. Após a morte, numa madrugada de berros ensandecidos pelos corredores do hospital, trancafiou o que restou da filha no guarda-roupa. Ninguém desconfiaria de que o caixote irregular abrigasse um corpo ausente. É sempre possível esconder um defunto cuja putrefação se dá em outro lugar.

É preciso se desfazer de toda uma história. A mãe — com seus grunhidos quase monstruosos — não admite que profanemos o túmulo doméstico, escondido no quarto cujas paredes são alimento fácil para os cupins. Em último caso, penso em criar um exército de traças para devorar os vestidos, os sutiãs e as calcinhas da minha irmã. É sempre mais fácil jogar a culpa nos outros. Vamos levar o guarda-roupa para a nova casa? Vamos doar as roupas? Vamos enganar a mãe da filha morta? Simular um incêndio na casa de madeira? Seria uma forma bizarra de cremação. Como é difícil se livrar de um defunto, ainda mais de um defunto íntimo. Não há espaço para mais ninguém no túmulo onde eu e a mãe viveremos nossos últimos dias.

L.
Ao sentar-se diante de mim, o velho começa a falar de maneira pausada, controlando as palavras que escapam pela boca flácida.

— Éramos iguais a eles. Tínhamos pernas, braços, cabeça, pés. Mas nosso corpo não se movimentava igual ao deles. Nisso, éramos diferentes. Rastejávamos feito animais. Era isto: animais rastejantes, seres nojentos, morrendo aos milhares. Nosso cheiro infestava as galerias. Fedíamos tal a morte mais insignificante. Depois, nosso cheiro, nossa pele e nossos ossos se espalhavam entre as nuvens de fumaça que jamais deixaram de tingir o céu. Logo seríamos todos um traço a contar uma história que não queríamos escrever. Agora, tudo está nesse livro que você lê para mim. Eu poderia continuar a lê-lo até a morte. Meus olhos ainda desenham as letras com certa lógica, mas preciso do som de outra boca, um som diferente do produzido pela nossa língua. Ao ouvir a minha história, é como se regressasse aos últimos instantes ao lado de meu pai. Ele deixa de ser uma réstia entre as nuvens. As palavras serão sempre o nosso cárcere e a nossa liberdade.

13.
A chuva e as manifestações continuam. Chegamos novamente cedo ao hospital. É dia de consulta com o oncologista. Não conheço este médico. Eles, os médicos, sempre mudam. Só o câncer não vai embora. A sala de espera está lotada. O ar é pesado. Leio um livro. Estou preparado para esperar. A consulta está marcada para as dez horas. Se sairmos do hospital até o meio-dia, será uma vitória. Sou otimista. Carrego o livro nas mãos. Caminho de um lado para outro. A mãe está amontoada numa cadeira. Sempre acho que vai desistir. Lá fora, a chuva continua volumosa, indiferente ao nosso câncer.

Após duas horas de pé, desisto da leitura. Não há cadeiras disponíveis. O câncer é prejudicial à leitura. Na tevê, manifestações em várias cidades. Talvez seja uma boa ideia organizar uma passeata dos cancerosos de C. A marcha dos cancerosos. Reivindicações: mais cadeiras, mais médicos, chá menos doce, bolacha mais macia, tevê maior na sala de espera, menos dor. Os cadeirantes iriam à frente; os mancos, logo atrás. Em seguida, aqueles que perderam uma parte do corpo (qualquer parte: dedo, olho, orelha, braço, perna). Os doentes em melhores condições iriam ao final, carregando cartazes e faixas: Passe livre aos cancerosos; Melhores bolacha e chá; Deus, olhai por nós. Não daria muito certo. Cancerosos velhos, feios e estropiados não têm essa disciplina. Seria impossível mobilizá-los.

Retomo a leitura do livro: Era igual a uma chaga triste a rua que não acabava mais, conosco no fundo, nós, de uma calçada a outra, de um sofrimento a outro, rumo ao fim que nunca se enxerga, o fim de todas as ruas do mundo.

Após quase cinco horas de espera, a mãe é atendida. Ela não consegue respirar. A traqueostomia expele uma gosma amarelada. O enfermeiro se comove. Ou finge. Passamos a mãe na frente de outros pacientes. No câncer, vale trapacear. A consulta dura menos de dez minutos. Do consultório, a mãe vai direto para a emergência. A respiração lembra um cachorro são-bernardo obeso se afogando numa valeta. Enquanto a mãe é atendida, marco novas sessões de quimioterapia e exames de sangue.

Quando saímos porta afora, a tarde vai pela metade. A chuva continua sem descanso. Em alguma parte do país, manifestações se organizam.

M.
— Aonde você vai toda quinta-feira à tarde?
 — Dançar.
 — Dançar?
 — Eu danço. Faço aulas de dança toda semana.
 — Sozinha?
 — O quê?
 — As aulas, você faz sozinha?
 — Não. Claro que não. Há outros alunos.

Imagino o corpo magro sendo enlaçado, puxado para perto por um homem alto, elegante, bonito. A imagem me tira o pouco sossego.
 — Faz tempo?
 — Quase um ano.
 — Eu não danço. Não sei dançar.

14.
A boca desistiu da mãe. A língua, sem serventia, é uma lesma inerte, um muçum sem rio. Só o escarro passageiro. A palavra represada fugiu para a ponta dos dedos ásperos. E lá também agoniza. A mãe desaprendeu a falar. A traqueostomia abandonou na sala de casa um gramofone quebrado da marca Mãe. Está voltando a uma infância inexistente, perdida na roça. O grunhido — um cicio pastoso de catarro — não forma palavra. O mundo é silêncio e solidão. Dos berros agudos — venha tomar banho — a apenas um chiado de bomba de chimarrão sugando uma poça vazia.

Ao receber o boletim escolar, corria para casa. Orgulhoso e feliz com as notas, entregava à mãe o papel retangular. Ela olhava sem ver. Assinava na linha correspondente e me devolvia. Nenhum comentário. Aquilo não lhe fazia sentido; não lhe dizia nada. Números num pedaço grosso de papel. Aos poucos, desisti. Me tornei um delinquente escolar. A cada bimestre, meus dedos de criança desenhavam o nome da mãe. Do Z ao A, uma história de escuridão. Aos poucos, me acostumei a escrever o nome dela.

Estranhei a primeira manhã em que a mãe me estendeu o bilhete. Um quadradinho amassado. De início, não entendi. É para comprar pão? Ela balançou a cabeça. Começava a ser abandonada pela voz. A lesma se tornava mais lenta. O muçum se debatia no açude deserto. Começamos a conversar por pedaços amassados de papel.

O estilo da mãe não é dos melhores. Vírgulas e pontos raramente surgem entre as palavras. A letra é legível, até bonita para uma mulher cujo tempo em sala de aula se resumiu a quase nada. Ela conta (ou contava) que gostaria de ter estudado, mas a montoeira de irmãos — uma ninhada de onze — na graúda família de italianos a tirou do carreiro que levava à escola, distante alguns quilômetros. Era preciso carpir e roçar. Sobreviver numa terra recém-descoberta. Agora, não faz diferença. No caixão, de nada serve ler e escrever. Nem falar. Em breve, o silêncio da mãe será eterno.

Guardo os bilhetes (comprar pão e margarina; quatro cebolas e seis tomates; dinheiro para o gás; o homem da pintura passou aqui; fiz pão) numa caixa plástica, longe da umidade que nos rodeia na casa em C. Dei um jeito de aprisionar as últimas palavras da mãe. Às vezes, ela coloca o dedo no buraco da traqueostomia e tenta me dizer algo. Já não sei se entendo o que fala. Acho que não. Presto mais atenção no arrulho desafinado do pescoço. A boca se mexe e não forma nada. No final, que restará? Um desenho de criança... Corrigido por um louco! O vazio preenche a pequena sala. Nossa conversa é a de um mudo com um cego, amparada por um surdo.

Fui à escola aos sete anos. Aprendi a ler e escrever. Agora, entendo por que a professora me dizia que era tão importante saber ler. Se não soubesse, seria um cego diante de uma mãe morta.

N.
Diminuímos a distância no sofá. As extremidades se aproximam. Entre nós não cabe a mãe. O egoísmo tenta driblar a morte. A vizinha trouxe um bolo de banana. Deixou-o sobre a mesa da cozinha.

— Por que você não vem comigo?
— Pra onde?
— Dançar.
— Não sei dançar. Não levo jeito. Sempre fui muito desajeitado. Um albatroz de asa quebrada.

Ela esboça um sorriso, mas o deixa morrer no canto esquerdo da boca.

— Eu também não sabia. Simplesmente aprendi.
— Sou daltônico.
— O quê?
— Confundo as cores. Troco tudo. Nunca vi as sete cores do arco-íris.
— Mas isso não te impede de dançar.

15.
O câncer é um demônio dentro da gente. Não é fácil expulsá-lo. Faz do corpo uma confortável morada, até transformá-lo em ruínas e definhar junto com ele. Sente-se em casa. Afasta os móveis, arrasta o sofá, reorganiza a cozinha, deixa a pia atulhada de louça suja. Esparrama-se nas cobertas sem a menor pressa de levantar-se. Aperta a pasta de dente na metade do tubo. Espalha a toalha molhada sobre a cama. Pendura a cueca no trinco da porta do banheiro. Abandona o caldeirão fumegante no meio da sala. O fogo do inferno é difícil de apagar.

A sala é bonita, bem decorada. Um protótipo da traqueia humana destoa dos móveis caros, da iluminação agradável. Diplomas na parede atestam o talento do médico de meia-idade. Ele usa jaleco branco. Não gosto de médicos de jaleco branco. Lembram açougueiros imunes aos respingos de sangue animal. É um tumor.

A informação chega a mim calma, devagar, como se a leveza das palavras aliviasse o peso da morte. Os lábios do médico mexem-se mudos na minha direção. Um filme antigo em preto e branco na tarde nublada. A atriz principal ainda não entrou em cena. O tumor é na garganta. É significativo. O que é um tumor significativo? Seria como um caroço de pêssego entalado na garganta da mãe? Ou um caroço de abacate igual àqueles que colocávamos num copo d'água em cima da pia da cozinha para germinar? Nunca discuti esse assunto com a mãe. Apesar de ter passado boa parte da vida na roça, ela não gostaria que seu corpo se transformasse de repente num pomar cultivado pelo demônio.

Na via rápida, vários carros me ultrapassam. Dirijo devagar. O tumor significativo exige que aumente a potência do ar-condicionado. Pedestres e motoristas nem desconfiam de que terei de conviver com um tumor significativo pelos próximos meses. Já estamos juntos há mais de dois anos. Quando perguntei ao médico se era câncer, ele apenas acenou a cabeça feito um boi exausto. Ninguém gosta da palavra câncer. A mãe nunca a pronunciou. Em dois anos com o bicho grudado no pescoço — um indesejado colar ordinário — nenhuma vez, nenhuma menção. O vocabulário da mãe é cada vez mais reduzido.

A remodelação da casa se deu aos poucos. No início, nem notamos. A mãe emagreceu, começou a secar, a perder o viço. Nada de muito anormal a uma mulher sempre à beira da esqualidez indisfarçável. A coisa complicou quando resolveram que tinha chegado a hora de expulsar a qualquer custo o incômodo visitante. Durante meses, bombardearam o pescoço da mãe. Uma bomba de Hiroshima a cada sessão. Muitos japoneses destroçados. Em pouco tempo, a pele gasta repuxou, derreteu em várias direções. Na distância entre os seios murchos e o queixo, uma terra arrasada. Lembrava o plástico que derretíamos na infância para pingar a lava em formigas e aranhas. No entanto, o cheiro de plástico queimado é mais agradável. Que cheiro era expelido dos fornos entupidos de gente na guerra que nunca acaba?

Um dia, após mais um bombardeio invisível, esqueceram os restos da mãe no corredor do hospital. Ela e o seu visitante numa maca velha e fria. Eu a encontrei por acaso. Resolvi passear pelo hospital. Num hospital para cancerosos vale qualquer coisa para matar tempo e escapar um pouco dos olhos estranhos que nos espreitam diante da agonia constante. A mãe estava com uma espécie de lençol sobre o corpo. Era preciso chegar bem perto para discernir uma mãe sob o pano. Acabou? Ela disse sim com o polegar direito. O câncer ensinou a mãe a falar sim e não com o polegar direito. Saí pelos corredores em busca de ajuda. Uma enfermeira aceitou devolver a mãe ao quarto. Pediu-me para ajudá-la a empurrar a maca de rodinhas. Era como se conduzisse um carrinho vazio de supermercado pelo deserto.

Após todos os bombardeios possíveis, tiveram de cavar um buraco no pescoço da mãe. Esqueceram de sinalizar: cuidado, traqueostomia à frente. A mãe respira por ali. Um nariz no pescoço. Quando entope, ela agoniza. No dia da cirurgia, eu estava no hospital. A mãe poderia morrer durante a escavação. Melhor garantir alguém conhecido para remover o corpo ao cemitério em caso de morte. Deu certo. Cavaram direito o buraco. Tive de recolher e levar para casa os pertences da mãe: uma dentadura, uma calcinha e um rolo de papel higiênico. Mais tarde, voltei ao hospital com a dentadura, um par de chinelos de dedo e uma calcinha limpa. Foi a primeira vez que toquei numa calcinha da mãe. A segunda foi quando ajudei uma médica residente a abaixar as calças da mãe para verificar se o buraco no abdômen — a jejunostomia — não estava apodrecendo.

A gente tem vários buracos. Cada um com uma função bem definida. A mãe ganha da maioria: tem um no pescoço e outro na barriga. Não é nenhuma vantagem. Depois do pescoço, cavaram a barriga. Respira por um, alimenta-se por outro. Bombardeios, buracos, remédios e esquecimentos parece que deram algum resultado. Os médicos garantem que o demônio levantou acampamento. Foi embora. Nem ele se encoraja a morar numa casa em destroços, à beira do precipício. O encanamento entupiu. A tubulação de ar é precária. A pintura descascou. Os cômodos encolheram.

Há goteiras nos cantos. Mofo nas paredes. O telhado está gasto. Uma casa quase vazia, quase abandonada.

    Mas o incômodo visitante pode voltar. Nunca se sabe. Quando retornar, estarei aqui, no portão de casa, à sua espera.

0.
— Havia muitos ratos. Matávamos e os comíamos. No início, sentíamos asco. O vômito era comum. Quando nos arrancaram de casa, não fomos de imediato aos trens. Eu, o pai, a mãe e todos os demais, confinados numa estreita faixa da cidade. A sujeira estava por todos os lados. As doenças nos dizimavam com fúria. Os corpos caídos nas ruas eram jogados num caminhão. Não havia o ritual exigido pela morte. Não tínhamos tempo para o luto. Logo, outro morto surgiria entre os detritos. O gueto era nossa penúltima casa. Naquela época, não imaginávamos que a viagem de trem nos levaria ao inferno.

O velho para de falar e entrega-me uma folha de papel. No centro, escrito em caligrafia trêmula, o número 174517.

16.

Prezado Deus,

    Não sei por onde o senhor anda. É difícil encontrá-lo, mas não se pode perder a esperança. A mãe vive pelos cantos em busca da sua ajuda. Quase todos os dias, a encontro encolhida no sofá, abraçada à Bíblia. Balbucia algumas palavras. Tudo inaudível. A boca da mãe desaprendeu a falar. Impressiona-me como ainda acredita. Eu desconfio de tudo. Mas não lhe escrevo para reclamar. Uma reclamação divina é o que de menos necessito. Os dias têm sido de tempestades. O tempo que corre é de pavor. Mas quais tempos não são de pavor?

    Na semana passada, encontrei um porco morto na minha rua. Parecia macumba, mas era apenas um animal embolado ao capim à beira do barranco. Possivelmente escapou de algum chiqueiro da vizinhança.

Como morreu? Não tenho a menor ideia. Parei para olhá-lo. Um porco sempre me impressiona. Revirei o corpo rosado do bicho. Nenhuma marca de violência. Deixei-o lá. No fim da tarde, quando retornei à casa, havia sumido. Para onde vão os porcos mortos e abandonados?

Não lhe escrevo para falar de um moribundo porco, tampouco vou lhe contar sobre a puta assassinada nas encostas de C. Doze facadas, li no jornal. Parece que foi coisa de um travesti. Briga pelo ponto. A mancha de sangue ainda estava desenhada na calçada quando passei a caminho da casa do velho. O sangue ressecado é uma indesejada obra de arte. Enfim, a puta e o porco me acompanharam a semana toda.

Escrevo-lhe para contar que as coisas não estão nada bem. A vida andava difícil. Agora, complicou de vez. Desconfio de que a mãe esteja derretendo. É uma coisa muito estranha. Quando eu era criança, assisti a um filme que me impressiona até hoje. Um astronauta volta de um voo a Saturno. Na viagem contrai uma doença desconhecida. Uma infecção o faz derreter. Para evitar o derretimento total, é obrigado a comer carne humana. Sai pelas ruas feito um canibal faminto. A cena emblemática é a orelha descolada da cabeça, balançando no raminho de um arbusto. Não lembro o final do filme. O homem deve ter derretido completamente. Algo bastante óbvio.

Dia desses, contei essa história ao velho. Ele se divertiu muito. Vive me provocando com perguntas sobre você.

Ele fala pouco, mas já me perguntou algumas vezes: Se Deus é o pai de todos nós, quem é a mãe de Deus? E sacode o corpo magro numa risada muda.

Voltando à mãe. Ela está derretendo. Ontem, encontrei-a bufando no sofá. Parecia um urso que acabara de levar um tiro. Dois animais mortos na mesma semana: um porco e um urso. Ela me olhou apavorada. Não consigo respirar, li nos lábios ressecados da mãe. A voz não sai. É engraçado ter uma mãe quase muda. Já nem lembro mais da sua voz. Mas tudo bem; em breve a mãe vai estar morta e enterrada. A voz de um morto não serve para nada.

Como a mãe parecia que iria morrer feito o porco na beira da rua, ou a puta esfaqueada, tive de tomar uma decisão. Arranquei toda a traqueostomia do pescoço dela. Tudo. Num golpe só. E o senhor não vai acreditar: a mãe está derretendo. Lembra um pouco plástico velho queimado. O cheiro é muito desagradável, terrível. Quando arranquei os tubos de metal do pescoço da mãe, saiu uma gosma horrível, um líquido viscoso, grosso, que escorreu na pele murcha e rugosa. Fiquei com muito nojo, confesso. Mas, convenhamos, a gente nunca está preparado para abraçar uma mãe líquida. A mãe tem um grande buraco no pescoço. Nunca tinha visto. Poderia enfiar o dedão da mão direita e remexer nas entranhas. Sempre retiro a traqueostomia para limpeza, mas jamais havia arrancado toda a parafernália. No fim, deu tudo certo. A mãe voltou a respirar.

Eu consegui devolver os tubos ao devido lugar. Agora só estou preocupado com esse derretimento. E se um dia eu chegar em casa e ela tiver sumido? Ou se transformado em apenas uma mancha no sofá deformado? A incrível mãe que derreteu.

Mas o motivo desta carta é outro. Escrevo-lhe porque encontrei um bilhete que a mãe escreveu. Sim, ela escreve. Do jeito dela. Mas dá para entender. Nada que um esforço divino não resolva. Acho que precisava lhe contar, pois parece que a coisa é contigo. Ontem à noite, peguei a Bíblia da mãe para ler o Livro de Jó. É a parte que mais gosto. Para minha surpresa, na página 757, o bilhete num pedaço ordinário de papel — o mesmo em que ela escreve a lista do mercado. Como a mãe não fala, deve estar preocupada com a possibilidade do senhor não a escutar. Então, resolveu escrever. E colocou no meio da Bíblia — espécie de correio santificado. Quem sabe seja o caminho mais curto para que o senhor dê uma força. Ela está precisando. Então, só me resta reproduzir o bilhete da mãe (eu dei uma melhorada no estilo desesperado): Pelas intenções do terço. Pela paz da minha família. Pelas almas dos meus falecidos. Pela paz dos meus filhos. Pela minha saúde. E que Deus nos ajude na fé.

Nada mais.

P.
É fácil imaginar. A janela aberta, o céu límpido, sem nuvens, o vento suave nas árvores da praça em frente. Ou nada disso. Nuvens pesadas, uma tempestade à espreita. Tudo é possível na memória. A mobília se mistura nos cômodos sem nexo. Tudo o que sei chegou a mim pelas palavras pálidas do vizinho do meu tio. Difícil entender como ele sobreviveu. Nunca ninguém soube por que não bateram à sua porta. Era um condenado. Coisas estranhas aconteceram naquele tempo. O horror também contém alguma ironia. Mas o tio — irmão mais novo do meu pai — não teve a mesma sorte. Depois que fomos todos levados embora, nunca soubemos mais nada sobre ele. Nem alguns conhecidos que chegavam ao campo traziam notícias dele. Ficou perdido na cidade. Boêmio, nunca estava em casa. Não estava quando nos levaram ao trem. A relojoaria ficava no térreo do nosso

prédio. Uma relojoaria e uma loja de roupas femininas. Mas, naquela noite, tudo foi quebrado. Depois nos arrastaram para o trem. Eu tinha dez anos. Meu pai era jovem e forte. Minha mãe, magra e elegante. O que tínhamos feito de errado? O pai apenas me olhava. O que um relojoeiro como ele poderia ter feito para que nos arrancassem da nossa casa? Eles nos odeiam, disse o pai, irritado com minha curiosidade. O relógio da sala estava parado quando retornamos. Eu e a mãe. O pai nunca mais voltou. Um dia o levaram e jamais o vimos novamente. Ele mancava da perna direita, não conseguia carregar coisas, perdera todas as forças. Era um espantalho, uma sombra maligna de um homem. Então, o levaram embora. Nunca mais o vimos. O relógio talvez já estivesse parado quando o tio ainda vivia. Que tempo um relógio parado mede? Era um relógio grande, robusto, em pé no canto da sala. Um vigia de um tempo de trevas. Acumulava muita poeira e tinha os ponteiros parados. A janela fechada contrariava a história do tio. Quando arrombaram a porta, ele atirou-se no silêncio da tarde. O corpo na calçada diante da relojoaria. Na sala, o relógio talvez parado a marcar o horário do fim.

O velho para de ler e entrega-me o texto.

17.
É domingo de manhã. As duas mulheres estão ao portão. Conversam animadamente sobre a fé. A vizinha acaba de regressar da missa. As palavras, o cheiro, o gosto, os contornos de Deus ainda encalacrados na pele. A mãe, encolhida no sofá. Eu, na cozinha tomando café e de olho na desconhecida. Parece afável. Cabelo curto e branco. Não tenta esconder a idade. A vizinha a escuta com atenção. Aos poucos, arrastam-se até a sala onde está a mãe. Ela não fala nada — o esforço é excessivo. Prefere ligeiros acenos a tapar a traqueostomia e expelir o chiado muitas vezes incompreensível. Panela de pressão entupida. A vizinha nos apresenta a responsável pela visita da capelinha às casas do bairro. Deus volta a nos fazer companhia.

Quando a capelinha entrava em casa, sabíamos que o início da noite estava condenado a intermináveis pais-

-nossos e ave-marias. A mãe não admitia filhos hereges sob o mesmo teto. Os três filhos nos juntávamos às outras crianças a um canto. Um terço completo tem sessenta orações: um credo, seis pais-nossos e cinquenta e três ave-marias. Lá pela metade da ladainha, queríamos voar, ganhar a rua, as brincadeiras. Ao menor sinal de rebeldia, o beliscão nos marcava a pele delicada. A mãe puxava as rezas. Creio em Deus Pai, todo-poderoso, criador do céu e da terra, creio em Jesus Cristo, nosso senhor, que foi concebido pelo poder do Espírito Santo, nasceu da Virgem Maria, padeceu sob Pôncio Pilatos, foi crucificado, morto e sepultado, desceu à mansão dos mortos, subiu aos Céus, está sentado à direita de Deus Pai, de onde há de vir a julgar os vivos e os mortos. Creio no Espírito Santo, na Santa Igreja Católica, na comunhão dos santos, na remissão dos pecados, na ressurreição da carne, na vida eterna. Amém.

A mãe orava com espantosa devoção. Deus a habitava durante algum tempo. Era uma alegria receber a capelinha — uma caixa de madeira com a imagem da Virgem Maria protegida por vidro transparente. Por um pequeno orifício, depositávamos moedas e notas de dinheiro. Muitas vezes, vi minhas economias para o chiclete pararem aos pés da santa, nas mãos do padre, nos cofres de Deus.

A sala se transformava numa colmeia de devotadas abelhas. Vinham todos os vizinhos — a maioria parentes retirantes da roça. A capelinha passava de casa em casa até retornar à nossa. Não tínhamos de ir atrás da santa, bastava-nos a fé doméstica. A mãe seguia incansável os passos da mãe de Jesus. O cão nunca renega o dono. O contrário, às vezes, acontece.

Um dia, a mãe tornou-se coordenadora da capelinha — espécie de guardiã da fé comunitária, uma funcionária do terceiro escalão da organização celestial. Até o dia em que o câncer a abocanhou, mastigou com voracidade e a transformou num amontoado de pele e ossos. A mãe mudou-se para a casa de concreto, deixou a santa em mãos alheias e se tornou uma mulher ainda mais triste.

A velha sorri quando descobre ter conquistado um novo lar para a Nossa Senhora do Silêncio. A mãe esboça um sorriso por receber novamente a visita periódica da mãe de Jesus. De onde saiu aquela Nossa Senhora de nome tão inusitado? Não, a coordenadora da capelinha não sabe praticamente nada sobre Nossa Senhora do Silêncio. A paróquia providenciou. Ela apenas cumpre a missão de fazer a santa percorrer a vizinhança. Basta acreditar. O resto é informação desnecessária.

Quando chego em casa, à noite, encontro a caixa de madeira fechada sobre a tábua de passar roupa. Ignoro-a e subo a escada espiralada em direção ao quarto. Pela manhã, tenho de levar a mãe à nutricionista. Estamos numa maratona: recuperar oito quilos, perdidos nos últimos meses. Depois, ganhar mais dez. Dezoito quilos talvez façam alguma diferença na vida de uma mulher com câncer. Volto satisfeito da nutricionista: um quilo e meio em dez dias. Os dezoito quilos estão mais próximos. Não podemos desistir. A mãe percorreu os trajetos de ida e volta em absoluto silêncio. Talvez tenha sido Deus quem enviou Nossa Senhora do Silêncio à nossa casa. Nunca saberemos. Ao sentar no sofá da sala, a mãe chia para mim: a santinha. O quê? E aponta a imagem devidamente acomodada sobre meias, cuecas e camisetas na tábua de passar roupa. Pego-a com cuidado e abro a janelinha. Para meu espanto, encontro Nossa Senhora do Silêncio partida ao meio. Com dificuldade, a mãe me conta que a deixou cair. O gesso sagrado não suportou a fragilidade do câncer da mãe. Partiu-se ao meio. Em silêncio, mãe e santa lamentam o acidente.

A mãe me pede para ir à casa da coordenadora da capelinha. Descubro que mora perto da nossa. Séria, mas simpática. Conto-lhe o terrível acidente. Ela não esconde uma tristeza que só os fiéis entendem. Posso comprar uma santa nova. Vou falar com o padre. Foi ele quem a conseguiu, eu apenas comprei a capelinha. Vamos lá em casa. A mãe está muito chateada. Eu entendo. Não tem problema. Vou lá conversar com ela. A senhora tem diarista? Como? Diarista, para limpeza da casa. Não tenho. Mas a vizinha tem. Vem toda terça-feira. A senhora fala com ela pra ver se tem algum dia disponível? Falo, sim.

A mãe, como sempre, está no sofá da sala. Entrego a fraturada Nossa Senhora do Silêncio à vizinha. Talvez seja possível colar. Sim, talvez. Não se preocupe, vamos consertar. Logo, a santinha estará de volta à sua casa. A mãe se mostra aliviada. Até esboça um sorriso. A mãe vive com um sorriso que nunca se completa prestes a surgir no rosto deformado. A senhora de cabelo branco e curto sai pelo portão levando a Nossa Senhora do Silêncio partida ao meio.

Q.
Nossas mãos raspam a napa do sofá. Poucos centímetros as separam. Um leve arrastar e sentiria a superfície da pele. A mãe dorme o sono ruidoso. Estamos acostumados ao barulho do animal abatido na selva escura. É um estrondo compassado: tem ritmo e entonação singulares. O sono da mãe é um pesadelo, mas afinado e sem grandes surpresas. A tevê está ligada num programa em que pessoas ficam trancafiadas numa casa. É uma ideia de outro país. Agora, começaram a passar em C. Quase todos assistem àqueles corpos se retorcendo na tela. São, em geral, jovens e bonitos. Brigam, beijam-se e alguns, suspeita-se, fazem sexo. Tudo diante de várias câmeras. Como se várias casas e intimidades se multiplicassem ao infinito. Olhamos para a tela onde um casal está na cama, embaixo das

cobertas. Sinto um estranho constrangimento. A vizinha move os olhos para os lados.

— Quando acaba?

— O quê?

— A sua licença do trabalho.

— Falta muito ainda. Uns nove meses. Até lá, acho que tudo estará resolvido.

No quarto, o ronco segue a raspar os orifícios possíveis da mãe. Na tevê, a coberta se movimenta. Minha mão se afasta e repousa derrotada sobre o sofá.

18.
A chuva continua. Chegamos bem cedo ao hospital. A consulta é no grupo interdisciplinar de suporte terapêutico oncológico. A mãe tem muita dor. Quando cheguei, à noite, dei morfina para diminuir seu sofrimento. Ela dormiu, mas acordou com dor. O suporte terapêutico é o melhor lugar do hospital. É onde se tenta dar algum conforto aos pacientes. As consultas são demoradas e minuciosas, quase paternalistas. A gente até chega a acreditar que dará certo. Saímos com uma longa receita. Preciso passar na farmácia. A chuva continua.

R.
O velho me pede para interromper a leitura do livro. Agora, transforma nossos encontros em um estranho monólogo. Eu apenas escuto suas histórias. Conta como se as tivesse escrito e decorado palavra por palavra. Fala lentamente, despreocupado com o tempo ou se eu acompanho o ritmo das frases que lhe devolvem um passado de horror, mas que agora aparentemente lhe trazem alguma paz.

— Eu tinha um trem amarelo de madeira. Ganhei do meu tio. Ele sempre nos dava muitos presentes. Eu adorava aquele trem. Passava horas na sala imaginando mundos a percorrer com o meu pequeno trem. Mas meu trem não tinha passageiros. Eu era condutor e tripulação. Um dia, o trem simplesmente sumiu. Viramos a casa e não o encontramos. Com o tempo, perdi o interesse por ele. Foi nessa época que os soldados nos levaram para o gueto e depois nos colocaram amontoados num trem de verdade.

19.
Na tevê, a notícia: a jubarte está a salvo. Já esteve na iminência de desaparecer, mas, por enquanto, a extinção é coisa do passado. Nunca vi uma baleia. Somente na televisão, geralmente encalhada, agonizando em alguma praia. O povo amontoado em volta, formando na areia uma mancha escura e movediça. Uma baleia encalhada é o perfeito retrato do desespero. A mãe também nunca viu uma baleia. Foi pouquíssimas vezes à praia. Nunca usou maiô. Biquíni, escândalo impensável. No máximo bermuda até os joelhos e camiseta. Sempre teve muita vergonha do corpo. Não era uma mulher bonita. Era daquelas que ninguém notava, quase invisível. Na rua, não ouvia assovios ou elogios. Agora, está feiíssima, encalhada numa cama improvisada à espera de uma maré que jamais subirá novamente.

Uma jubarte chega a pesar quarenta toneladas. E mede até dezesseis metros. Um monstrengo bonito a cabecear mar afora. A caça de baleias está proibida no país desde 1966. Coisa dos militares. Podia-se caçar gente; baleia, não. As jubartes são excelentes nadadoras. Viajam anualmente quase cinco mil quilômetros até as águas geladas, onde permanecem a maior parte do ano, para se alimentar de krill — um minúsculo crustáceo.

A mãe pesa hoje cerca de quarenta quilos. Não sabe nadar. É uma baleia fracassada: esquelética e náufraga sem nunca ter se aventurado pelos mares. Anda alguns passinhos durante todo o dia. O chinelo arrasta no piso frio de azulejo. Aos poucos, transformou-se numa lesma, mas seu corpo está tão seco que não deixa rastro algum pelo caminho. Tem uma vantagem: é bem fácil desencalhá-la de sua praia de cobertas e lençóis. Basta a força de um grilo para içar o corpo cadavérico. As baleias esguicham ar quente e criam a impressão de que um jato de água é expulso de suas entranhas. Minha baleia doméstica, não sem muito esforço, expulsa uma gosma de cor mortuária pelo pescoço. Para se parecer com uma jubarte, precisa engordar muito e nadar de barriga para cima, expulsando pus e desespero.

Minha baleia está no fim, mas não pretendo construir um santuário para ela. Na semana passada, recebemos os resultados de uma pilha de exames. Entremeio a tantos nomes científicos, identifica-se o veredito de falso valor: ausência de malignidade nesta amostra. Arrancaram um pedaço do pescoço fino da minha baleia e o submeteram a vários testes. O câncer, por ora, não está em parte alguma. Mas voltará. Baleias se transformam em cetáceos muito excêntricos após sessões de quimioterapia e radioterapia. Ainda mais quando os equipamentos estão bem distantes do mar, em mãos de marujos relapsos. Mas já nos avisaram: não há motivos para comemorar. O rombo no pescoço para esguichar seguirá no mesmo lugar. O buraco na barriga por onde enfiamos diariamente doses de krill líquido não será fechado. Compramos o krill da minha baleia em latas na farmácia. Às vezes, penso que seria mais fácil mandá-la para as regiões geladas do planeta. Duvido que sobreviva ao frio. E também não terá motivos para retornar: minha baleia deixou de acasalar e deu à luz pela última vez há quarenta anos. Um dos filhotes já morreu. Os outros dois enfrentam o mar a milhares de quilômetros um do outro. Baleias magras são pouco solidárias no câncer.

s.
Meus pés são analfabetos. O albatroz quebrou a asa e debate-se sobre o oceano. Como se ambos fossem esquerdo ou direito ao mesmo tempo, meu corpo perde o equilíbrio — a música lenta e compassada não alivia o terror das pernas. O professor se aproxima. Todo o meu corpo transpira. Estamos, enfim, de mãos dadas: a dela espalmada sobre a minha. Nos abraçamos sem jeito pela cintura. Falta-nos intimidade. Há um abismo entre nossos corpos. Sinto vergonha quando o professor a afasta e me olha como uma criança espantada diante de um elefante. Você precisa movimentar-se com leveza, a delicadeza é o segredo de toda dança, mesmo das mais frenéticas. Você a conduz. Seu corpo é conduzido pela música. Deixe que seu corpo saia dele mesmo, deixe de ser você, seja um dançarino, pense que é possível, relaxe os músculos, destrave as pernas,

abaixe um pouco os ombros e siga os meus movimentos, minhas instruções. Todos me olham como se o zoológico tivesse apenas um animal acuado no fundo da jaula. Eu tinha certeza de que não conseguiria, mas não resisti à possibilidade da aproximação, do toque previsível da dança. Ela me olha e não consigo identificar se em seus olhos há pena, esperança ou indiferença.

20.
A tevê zune, grudada à parede. Chegamos cedo ao hospital. A enfermeira está grávida. Ao telefone, passa orientações ao pedreiro. Pretende reformar a casa, ampliar a churrasqueira. Ela fala alto. Escancara a felicidade que lhe pertence. Está apreensiva por não o orientar pessoalmente. Comenta com a colega — uma senhora à beira da aposentadoria — que há alguns dias começou a sentir enjoos. Deve estar de três meses. Todas estão felizes. Daquele lado do balcão, a vida parece possível. Deste, não passa de uma remota incerteza. Vida e morte se misturam feito as águas dos rios na floresta. Não sei muito bem em que margem estou.

O grasnado irritante de um papagaio artificial e fanho na tevê nos persegue sempre que vamos ao hospital. A apresentadora do programa matinal tem a cabeça desproporcional ao corpo. É muito grande.

Ela luta ferrenhamente para não envelhecer. Não dá muito certo. Sempre que a vejo, imagino uma velhinha num asilo jogando amarelinha e pulando corda com um bambolê pendurado na cintura. Há uma espécie de jogo em que um homem busca uma esposa. A pretendente se casou aos treze anos. Está separada. É cabeleireira. No primeiro encontro, ele a leva para jantar e conhecer seus amigos. Todos parecem felizes. Aos poucos, intensificam a intimidade. Perdem o receio, avançam em direção ao território a ser conquistado. Ele acaricia os ombros nus dela. Ela usa um vestido curto, prestes a despencar na altura dos seios. As pernas são bonitas. Imagino os diálogos na tevê sem volume. As breves legendas me bastam. A mãe folheia uma revista. A revista onde todos são felizes, até mesmo os infelizes. A edição é antiga. Não faz muita diferença. A vida na revista nunca muda. Segue sempre feliz. A mãe lê muito mal. Está apenas vendo fotografias de pessoas felizes.

    A sala é pequena. Somos poucos à espera, mas é preciso paciência. Cada doente leva um bom tempo na consulta. É necessário verificar com atenção para que banda do corpo o câncer pretende avançar seu exército carnívoro. Demos azar. Mesmo chegando cedo, fomos os últimos. Portanto, seremos os últimos a receber atendimento. Num hospital para cancerosos, os últimos serão sempre os últimos. Ou, quem sabe, os primeiros a morrer. A lógica não vale nada aqui.

Nossos companheiros são um homem sem o braço esquerdo, outro sem o nariz e duas mulheres carecas numa maca (não conseguem mais andar). A mãe está inteira. Ainda tem todas as partes do corpo, excetuando o buraco da traqueostomia e o da jejunostomia. Será que ela sente inveja do homem sem o braço esquerdo?

O homem sem braço dorme. O braço que não existe está escondido na manga do paletó de tamanho exagerado. É difícil esconder um braço que não mais existe. O homem sem nariz me olha, envergonhado. De tempos em tempos, tem de assoar o nariz que não mais existe. O barulho lembra um cavalo relinchando próximo à exaustão. A mãe folheia a revista. A atendente está preocupada com o vazamento de uma torneira na cozinha. Na tevê, o empresário fala algo ao ouvido da cabeleireira. Ela sorri.

Descemos a rampa bem devagar, a mãe agarrada em mim. Uma formiga atravessando uma pinguela em noite de tempestade. Está fraca e desanimada, tão magra que, se fosse mais jovem, faria inveja a modelos esqueléticas. Velha e cancerosa, só consegue causar pena, asco e repulsa. Se morresse agora, os vermes teriam muito pouco trabalho. Pouca comida também. Passamos diante da capela. Jesus Cristo está pregado numa cruz, sufocado na sala apertada. Um homem magro reza ajoelhado. Quando a radioterapia e a quimioterapia não resolvem, é sempre possível apelar a Deus. Após a capela, encontro a porta da cozinha do hospital entreaberta. Diviso panelas gigantes bufando ao fogo. A cozinha é grande. O cheiro da sopa me revira o estômago.

Enquanto esperamos, uma assistente social senta ao nosso lado. Tira uma folha de papel da pasta e nos faz várias perguntas protocolares. Respondo tudo com educação. Pergunta se a mãe é casada. Ela se apressa a responder sim com a cabeça. A assistente social deseja saber quem mora com a paciente (no caso, minha mãe). Digo que apenas eu. E o marido? Não respondemos. A mãe se faz de desentendida.

A enfermeira grávida conta que uma das psicólogas do hospital também está grávida. A cegonha baixou aqui, comemora. Duas grávidas numa única manhã. Então, após o trabalho, as mulheres do hospital vão para casa, transam e voltam grávidas. E parecem felizes. Talvez até sonhem com fotos ao lado do marido e dos filhos na revista.

É meio-dia. Estamos há quase quatro horas esperando atendimento. Há tempos a mãe desistiu da revista envelhecida. Dorme encolhida na cadeira desconfortável, a mão afundada nos ossos do rosto. O homem sem o braço esquerdo foi embora. O homem sem nariz foi embora. As mulheres carecas na maca foram embora. A sala está quase vazia. Tudo parece muito calmo. É só ilusão. Os quartos estão atulhados de gente agonizando. Nunca se deve abrir a porta de um quarto num hospital para cancerosos. A surpresa é sempre desagradável. Estico bem as pernas na cadeira ao fundo do corredor vazio, longo e silencioso.

Uma jovem enfermeira chama a mãe. Ela se apoia em mim. Caminhamos em direção ao consultório. A mãe senta-se ao lado da médica. A mãe gosta dela. Eu observo as duas em pé ao fundo da sala. A médica usa vestido amarelo. Tem as pernas bonitas. Parte dos seios está à mostra pelo vão da blusa decotada. Os sapatos combinam com o vestido e são cravejados de pequenas pedras que brilham. É simpática e bonita. Parece feliz.

T.
— Do outro lado da cerca, um dia vi uma criança. Era branca, muito branca, o cabelo brilhava ao sol. Vestia roupas diferentes da nossa. Roupas de criança. Nós vestíamos todos roupas iguais. Parecíamos fantasmas numa festa à fantasia. Tínhamos a cabeça raspada. Mas aquele menino levava os cabelos loiros repartidos ao meio. Era uma criança muito feliz. Quando nossos olhares se cruzaram, ele paralisou o corpo. O tempo parou um instante no calor do início da tarde. Um leve sorriso pareceu surgir em seu rosto. De repente, uma mulher gorda e de uniforme todo branco o arrastou pelo braço. Notei que o menino levava na mão esquerda um brinquedo.

21.
O pescoço da mãe sempre foi comprido. Agora tem um buraco. O corpo esquálido mantinha certo equilíbrio. Tornou-se apenas um amontoado disforme entre o sofá e o fogão a gás. Todas as manhãs, ainda acende uma das bocas. Remexe nas panelas. Faz uma comida desnecessária. A sonda grudada na barriga é uma dentadura fora do lugar. Quantos passos ela anda por dia? É possível medir a vida de alguém pela quantidade de passos? Dia desses, perguntei-lhe minhas estranhezas. Ela tentou colocar o dedo na traqueostomia e emitir algum som. Desistiu e apenas balançou a cabeça, cujos cabelos embranqueceram, perderam o corte e lembram um solitário ventríloquo.

Num instante, tudo se transformou em assombração. Diante do médico, o veredito: é um tumor. Sabre cravado na garganta. A estrutura iria desabar, transformar-se em escombros, em algo desconhecido. A magreza permanente cedeu lugar ao triste esboço cadavérico. Os ossos saltados, a pele tentando resistir à inevitável ruína. Seu rosto é quase um espelho onde brinca o incerto movimento. Nunca notei que envelhecera. Sempre a vi igual, sempre a mesma mulher da fotografia, beirando os quarenta anos. Agora, a mudança abrupta, a repentina decadência. O rosto, somente uma lembrança de alguém que já não é mais. Aproximo-me para avaliar o estrago. É um terreno desconhecido, retorcido, calcinado. A face entortou, ganhou dimensões esquisitas. A radioterapia é péssima escultora. No máximo, uma artesã de movimentos trêmulos. O contorno está duro, um pedaço de pedra avermelhado. A respiração é lenta, faz barulho. O cheiro é muito desagradável. Por que não morre? Por que insistir, se você já desistiu? Seria melhor para todos. Somos egoístas também na morte.

U.
— Não vai voltar?
— Ainda não sei. Sou muito ruim. Não consigo. Meu corpo não me obedece.
— Tente mais um pouco. Foi só a primeira aula. Quem sabe a gente possa dançar aqui na sua casa.
— Vou pensar.

22.
Sentada no sofá, de costas para a porta, ela não me esperava. Cheguei de surpresa no fim da tarde. O sol forte iluminava a casa de madeira. O último aniversário da mãe naquela casa velha. Depois, a casa de concreto e o túmulo. A festa já havia acabado. Não havia qualquer resquício de bolo ou refrigerante. Nenhum brigadeiro esquecido sobre a mesa cambaia. Os salgadinhos aniquilados. Sem balões no teto. Não havia ninguém quando cheguei. Ela sentada, sozinha, de pernas cruzadas no sofá. A televisão desligada. Nada acontecia na tarde de seu aniversário. Atravessei o corredor, bati na porta entreaberta. Amuada, os cabelos brancos sem tintura, virou-se e forjou um sorriso que jamais existiu.

Entreguei-lhe a orquídea azul comprada no centro de C. Antes de receber o dinheiro, o florista perguntou se queria cartão para escrever uma mensagem. Respondi que não. Poderia ter completado: Minha mãe lê muito mal e nunca entende a minha letra. Considerei desnecessário. Às vezes, somente o silêncio escancara o nosso terror diante do mundo. Apenas agradeci e carreguei a orquídea azul na tarde ensolarada. A mãe não consegue ler meus bilhetes. Somos, quase sempre, um cego de olhos arregalados e um mudo banguela conversando em mandarim.

Ela salta do sofá com um ímpeto inesperado. Abraça-me. A orquídea está sobre a mesa. Envolve-me com o corpo de louva-a-deus, raquítico, passível de desespero. Retribuo como sempre: desajeitado. Ela me olha e me faz um inusitado carinho no rosto. Pergunta se estou bem. Sente que minha vida deu alguns passos para trás. Mesmo à beira da morte, as mães sempre dão um jeito de se preocupar com os filhos. Quando afastamos os rostos, uma lufada de ar quente me atinge em cheio. Sai do pescoço da mãe, onde a traqueostomia é um nariz de apenas um buraco. Sinto nojo. O cheiro é péssimo. Tento disfarçar já com a orquídea novamente em mãos. Que bonita! Sim, mãe, é bonita. Espero que dure bastante. Vai durar, mãe. Basta molhar apenas uma vez por semana. Caso contrário, ela morre. A orquídea.

Os braços de graveto depositam a flor azul sobre a geladeira branca. Tentamos conversar algumas palavras. O dedo em direção à traqueostomia faz um trajeto longo. Falamos pouco. Antes do câncer, conversávamos nada. Agora, não conseguimos recuperar as palavras que tanta falta nos fazem. Um buraco no pescoço atrapalha a dicção. Noto que o entorno do olho direito está bastante roxo. Bolsas líquidas parecem vergamotas maduras prestes a estourar. Coisa estranha o rosto da mãe.

Caminha em direção à estante onde várias fotos se amontoam. Ninguém está ali. A filha morreu. Os demais estão ocupados com a vida. Eu logo irei embora. Passei apenas para lhe desejar feliz aniversário. Ainda não lhe disse nada. Sinto vergonha de abrir a boca e pronunciar a palavra feliz. Não significa absolutamente nada naquela casa. Seria apenas mais uma ironia para a nossa coleção de equívocos. Sento na cama instalada na sala. É uma espécie de prisão. A mãe dá alguns passos lentos. Garante que está se sentindo mais forte. Ao terminar de mentir, recosta-se no batente da porta para não cair. Ela passou a mentir com mais frequência após a doença. O câncer a faz cometer diversos pecados. O câncer deveria ir para o Inferno. A mãe, não.

Quando a mãe nasceu, nos confins de uma roça esquecida, o ditador alemão já agonizava diante da iminente derrota. Ele se suicidou quando minha mãe tinha cinco meses. Ela não sabe quem é H. Na eternidade, não se conhecerão. Ela vai para o Céu quando morrer. Ele está no Inferno. Pelo menos é nisso em que acredita desde sempre. Uma pena se estiver errada. Mas mesmo que se equivoque em sua fé, não encontrará o tirano baixinho e de bigodinho ridículo. Ele não existe mais. Não irá incomodá-la com o bigodinho e os gestos afetados. Lembro-me de um louco excêntrico no dia do aniversário da mãe. Aniversários nunca significaram nada para nós. Podemos pensar em qualquer coisa nessa data. Nunca fizemos festas. Não há fotografias dos filhos atrás da mesa repleta de docinhos e garrafas de refrigerante. Quando completei doze anos, ajudava a mãe a fazer pão. Eu tocava o cilindro para prensar bem a massa. Era quase noite. Ela parou de passar a massa e me olhou espantada: Mas hoje é seu aniversário! Isso não é importante, mãe. E seguimos fazendo pão. Algo muito importante para não se morrer de fome.

Só veio uma das minhas irmãs. Não havia reclamação na frase. Uma das muitas irmãs passou para visitá-la no dia do seu aniversário. Eu e a tia em horários diferentes: duas pessoas significam uma festa? Para nós, sim. É quase uma multidão. Silenciosa, mas multidão.

A enfermeira chega para fazer a higiene na traqueostomia. É necessário tirar um cano de metal que está enfiado no pescoço da mãe. Depois, limpa-se bem o orifício. Ali, deposita-se uma secreção viscosa e fedorenta. Caso não se faça a limpeza várias vezes ao dia, a mãe pode sufocar e, quem sabe, morrer. Pergunto se ela não vai se livrar nunca da traqueostomia. Não posso, sinto que tem uma bola na minha garganta, não consigo respirar, ela responde. Penso em lhe dizer que a bola poderia ser um brigadeiro. Ela não entenderia a piada.

Recomendo-lhe novamente não se esquecer de molhar a orquídea apenas uma vez por semana. Caso contrário, ela morre. A orquídea. Abraço o corpo desprezível da mãe e saio porta afora. Em breve, a levarei para morar comigo. Por sorte, ela não esguicha pelo buraco do pescoço ar quente na minha cara. Seria uma péssima lembrança da sua festa de aniversário.

V.

— Quando invadiram nossa casa, eu tinha três pares de sapatos. Consegui levar apenas o que calçava naquele momento. Lá no galpão, nos obrigaram a usar umas sandálias de sola de madeira. Não importava se era verão ou inverno; nossos pés não tinham estação do ano, estavam sempre desprotegidos. Numa manhã de inverno, com um sol tímido entre os pinheiros do outro lado da cerca, um dos homens mais esqueléticos, com uma espécie de sarna no couro cabeludo, entregou-me duas folhas de papel. Havia uma história ali. Uma história sobre sapatos escrita a lápis. E uma fotografia. Ele me pediu para guardar. Alguns dias depois, foi levado embora. E nunca mais voltou.

Sapatos sem cadarço saem do pé. É preciso amarrá-los com firmeza. Acho que nunca foi recomendável tirar o cadarço do sapato. Estou sobre um cavalinho de madeira. Meu corpo projeta uma tímida sombra de apenas cinco anos — um Dom Quixote infantil. Carrego a única fotografia da infância comigo aqui neste galpão frio. Ela conhece todos os meus segredos. Cuido para que não se desintegre. É o único exemplar capaz de comprovar nossa extinção. O inerte cavalo de pelo ralo ampara uma carrocinha cujas rodas são de bicicleta. Minha irmã ocupa o assento de ripas. Tem quatro anos. Meu irmão está em pé ao seu lado — guardião de um tesouro inexistente. Com eles, a sombra se avoluma sobre o chão de terra ressecada. No canto da foto, ramos de um mato qualquer despontam. Era difícil acabar com as ervas daninhas que tentavam invadir a casa de madeira. Nossas mãos de criança não davam conta de arrancá-las. Na foto ainda não tínhamos aprendido a sorrir.

    Suponho que trajamos nossas melhores roupas. Eu e meu irmão de calças iguais, de tergal azul. A barra é extremamente larga. Quando a mãe sentava à velha máquina de costura, tinha o cálculo da necessidade bem definido: bastava ir desfazendo a barra conforme seus filhos deixavam a infância para trás. Ela sabia que não engordaríamos. Crescíamos esquálidos. Nossas calças ostentavam a passagem do tempo nas canelas. As camisetas não combinavam com as calças vincadas e os sapatos sem cadarço. Éramos homens estropiados da cintura para baixo; crianças malvestidas da cintura para cima. A minha camiseta é azul e branca. A gola *está laceada. Hoje, detesto este uniforme que somos obrigados a usar. A do meu irmão é branca. Parece bem velha. As calças são novas; as camisetas, velhas. No peito há um surfista, uma estranha novidade para todos. Como um homem conseguia se equilibrar numa espécie de tábua sobre as ondas? E o que faz um surfista perdido a centenas de quilômetros do mar? Desliza por uma onda em direção à barriga magra do meu irmão. O desenho é de um traço bisonho — uma marionete salgando os pés sobre a prancha de mentira. Logo acima do inacreditável surfista, a irônica frase: As feras radicais. Não sabíamos ler. Nossos pais, muito pouco. Não conhecíamos o mar. Não tínhamos a menor ideia de que existia algo chamado surfe.*

De onde vieram aquelas camisetas? Ganhamos? Compramos? Não somos feras radicais. Somos crianças assustadas, tímidas e sérias. As calças são obra da genialidade da mãe. Mas e os sapatos velhos, desbotados no bico, sem cadarços? As meias do meu irmão são vermelhas. Não combinam com o sapato preto e a calça azul. As minhas são azuis. Perfeitas, não fossem os sapatos estropiados. O conjunto: sapato velho, calça nova, camiseta velha. Em sua monstruosidade, o quadro é harmonioso, de uma harmonia risível, em contraste à seriedade das três crianças na fotografia.

Tudo transpira a solidão. Somos apenas nós três e o pangaré imóvel a puxar uma carrocinha. Sobre ela, uma futura morta. A menininha de quatro anos não suportou o mundo e morreu criança. A memória será sempre nosso cemitério. Além do chão de terra batida, ao fundo uma lasca da casa de madeira, a cerca de frestas obscenas e o portão desbenguelado. Não há mais ninguém no retrato. Nem um cachorro enxerido. Onde está a mãe? Onde está o pai? Não tínhamos animais de estimação. Somente pais.

De que serve uma fotografia?

O velho recoloca o texto na pasta e me entrega algumas fotografias. Nelas, uma família — mãe, pai e três crianças — sorriem para o fotógrafo anônimo.

— Quem são?

A pergunta fica sufocada na sala, enquanto o velho aponta as fotos.

23.

É noite. O carro despeja um barulho quase imperceptível sobre C. Um ronco agônico ao meu lado me acompanha. Levo a mãe ao hospital. Quantas viagens já fizemos nos últimos meses? Algo sempre se solta do corpo em decomposição. Agora, a sonda da barriga está vazando. Alguém precisa consertar o vazamento do velho edifício antes que ele seja interditado. Em breve, será implodido sem nenhuma dinamite. Falta pouco para o fim. O ruído estranho, abafado, esganiçado pedido de socorro, vem do buraco no pescoço, por onde ela respira. Não há nada a conversar. Gastamos poucas palavras durante a vida doméstica. Nunca fomos muito bons em conversas. Em nossas negociações, a palavra é uma moeda de pouco valor. Ligo o rádio na tentativa de amenizar a estranheza. Olho para o lado e não a reconheço. Em dois anos, a doença a transformou em outra mãe. É estranho ter duas mães durante a vida habitando o mesmo corpo. O rosto estampa uma cor estranha. A boca ganhou um formato quase monstruoso. Um dos olhos não abre por completo. Parece um brinquedo de desmontar. Ao remontá-lo, a criança espantada não sabe juntá-lo. A mãe é um Frankenstein infantil.

A sonda despregou-se da carne molenga da barriga e vaza um líquido cremoso. Tem dificuldade para colocar o cinto de segurança. Está agarrada à bolsa. O que carrega de tão valioso naquela bolsa comprada em alguma lojinha barata no centro de C.? O motor produz um barulho imperceptível, mas nem tudo é silêncio. A mãe está ao meu lado.

Após alguns minutos, hesitante, pergunto-lhe: Como é o nome da mulher que fez o meu parto? Com o dedo na traqueostomia, o nome sai fatiado. Foram três dias e três noites comigo agarrado à escuridão do seu corpo. Lutava para não deixar aquele útero. Mas, na madrugada de tempestade, a mãe conseguiu me expulsar. Caí direto nas mãos da parteira. Agora, tento prolongar ao máximo a vida deste lado. Será que a parteira ainda está viva? A mãe movimenta as mãos, desiste de tampar o buraco na garganta e apenas balança a cabeça, em sinal de que não faz a menor ideia. Que diferença faz se está viva? Que diferença faz saber o nome da parteira que me deu à luz? Que diferença faz conversar com esta mãe que nunca encontrou muito sentido nas palavras?

Apenas sete pessoas esperam no plantão. Será rápido. A mãe retira da bolsa, praticamente vazia, a carteirinha amarela. Sua vida de doente está toda ali. Às vezes, a vida cabe numa bolsa risível. Senta-se ao meu lado e não olha para a tevê ligada. Não consegue manter o pescoço muito tempo na direção da tela pregada na parede. Encosta o deformado rosto na mão e o derruba para a direita. Na novela, um homem barbudo fala e come ao mesmo tempo. É um pobre muito caricato. A interpretação do pobre nunca me convence nas novelas. Em pé, um senhor com calça do exército, chapéu de palha e banguela conversa com uma enfermeira. Ele não é o doente da vez. Espera por algum parente. Quando começa um programa sobre jacarés, uma jovem médica chama a mãe. É uma moça bonita, lábios pintados e botas de canos exagerados até os joelhos. Ajudo a colocar a mãe na cama. A médica me encara: Pode esperar lá fora assistindo tevê. É mais confortável. Qualquer lugar é mais confortável do que aquele quarto com várias pessoas agonizando. Até mesmo um programa sobre jacarés.

Apesar dos jacarés, tudo está calmo na recepção do hospital. Uma placa me manda sorrir: Você está sendo filmado. Sorrio. Treze cadeiras de roda estão estacionadas num canto à espera de algum corpo incapaz. O desmatamento prejudicou muito o habitat dos jacarés. São quase vinte e três horas. O frio começa a me incomodar. Estou de camiseta. Um cartaz alerta:

Previna-se da gripe A. Alguns cuidados são necessários. Acho que nada é dito sobre passar frio numa sexta-feira à noite num plantão para cancerosos.

    Os jacarés já haviam desaparecido quando a mãe surge pelo corredor. Está sozinha. A médica de lábios pintados deve ter outras preocupações. Recolho os braços da mãe — lembram-me as asas dos passarinhos que matei na infância — e seguimos para fora do hospital. Deixo-a na porta e corro até o estacionamento para buscar o carro. Não há trânsito. Em pouco tempo, a mãe estará em casa. Ela tem dificuldade para colocar o cinto de segurança. No trajeto, nenhuma palavra. Em breve, o silêncio.

W.
— As histórias que ele conta são terríveis. Não sei explicar. Parecem não fazer nenhum sentido. É difícil acreditar em tudo aquilo. Nas montanhas de mortos. Sei que tudo isso aconteceu, mas ele esteve lá também? Como conseguiu escapar? Como chegou até aqui em C.?

— Sim, são terríveis. Eu cansei. Ouvi muitas vezes as mesmas histórias. E aquele livro, feito uma maldição, uma víbora sempre à espreita. Acho que aquilo é uma maldição.

— Ele não quer mais que eu leia o livro. O livro desapareceu. É como se nunca tivesse existido.

— E o que você faz agora?

— Ele conta histórias, lê textos que não sei quem escreveu. Às vezes, parece delirar.

24.

Então, ele voltou. Não estava com saudades. Cheguei a pensar que não voltaria. Sou mesmo um ingênuo otimista. É uma companhia das mais desagradáveis. Detestável. Não sei muito bem como me comportar na sua presença. Às vezes, tento ignorá-lo, mas é impossível. Desde a primeira chegada, vejo-me um tanto perdido. São dois anos. Nunca imaginei que dois anos se transformariam num tempo tão comprido, longo, inacabável. São tempos difíceis, de seca, enchentes, pragas. A lavoura dizimada. Os animais à míngua. O açude seco sem peixes. Exterminou coisas que considerávamos indestrutíveis. Escancarou nossos medos.

Nos meus pesadelos — e como eles são intensos! —, tudo se transforma numa terrível tempestade e vem na minha direção. Estou parado diante de um precipício. A fúria arrasta tudo à sua frente. Quando me alcança e vai me destroçar, eu — infelizmente — acordo. Estou vivo. Afago a cama e estou malditamente vivo. Respiro com sofreguidão. Imito a mãe. Não tenho traqueostomia. Lá embaixo, a mãe está acordada. Ela dormia muito pouco. Agora, só com muitos comprimidos. Nunca mais vamos dormir. Estamos acordados o tempo todo. Zumbis na nossa própria casa.

Na tarde em que tudo começou, eu não estava sozinho. A voz em câmara lenta — uma voz pastosa, arrastada — anunciou o início do fim. Um anúncio solene, digno de uma majestade de um reino desconhecido. O reino das trevas. A tarde cinza, pronta para mais um chuvisco, tornou-se negra. A devastação estava apenas começando. É tão difícil combater um inimigo que nos escava a intimidade. Por que voltou? A garganta da mãe não saciou a fome eterna? O inimigo não é bem-vindo para essa batalha sem vencedores. Não o queremos aqui. Veja o estrago. Nunca está satisfeito? A casa não é a mesma. Tivemos de nos mudar. É uma história longa e complicada.

A casa nova é melhor, mas a vida piorou muito. Trouxemos pouca coisa para a atual morada. As nossas coisas não arrastam lembranças, nem mesmo as fotografias. Não nos reconhecemos nelas. Não somos mais aqueles que habitam o papel desbotado. Nossos antigos contornos não combinam com o que nos transformamos. Deixamos quase tudo na casa velha. Aqui, o fogão e a geladeira são os mesmos. As roupas também. A mãe tem um guarda-roupa cheio, estufado de camisas, blusas e calças, mas se arrasta pela casa aos farrapos. Um fantasma malvestido. Uma sombra de uma mulher cadavérica. Aquela mulher silenciosa e pouco amorosa transformou-se num horripilante monstro. Quando a vovozinha se parece muito com o lobo, é preciso chamar o caçador. Não existe outra vovozinha nas entranhas da mãe. Impossível ao corpo de pele e ossos comportar duas avós. Por que tanta roupa para um corpo fora de moda? Com que roupa vou enterrá-la? Com que roupa irei ao velório?

Toda semana, vamos combatê-lo. É uma batalha perdida. Aparentemente, é bastante simples. Já estou acostumado ao hospital para cancerosos de C. A gente se acostuma a tudo. Estaciono o carro na porta de entrada. Deixo a mãe ali e sempre digo: Me espere aqui, vou estacionar. Como se ela pudesse ir a algum lugar sem mim. Sou seu cão de guarda. Um guapeca sarnento e cego a conduzir uma mulher por uma estrada escura. Estaciono o carro. Engancho a mãe aos meus braços e caminhamos numa lentidão sem fim pelos corredores do hospital. Na entrada, está o batalhão de desesperados à espera de atendimento. Já vencemos essa fase. Agora, percorremos um trajeto mais longo. Passamos por bancos atulhados de gente: doentes e familiares se parecem muito. Há sempre um sorriso escapando na nossa direção. A morte, às vezes, esconde-se atrás de um sorriso. Viramos à esquerda. Ao fundo, a pequena sala.

A mãe ganha uma etiqueta com algumas informações. Colo-a na blusa amassada, na altura dos seios murchos. O boi antes do matadouro é rastreado. Sentamos e esperamos. É sempre igual. Não basta a condenação, é preciso esperar. Bolacha e chá são servidos. Aceito chá. É quente e me traz boas lembranças. A enfermeira nos chama. Entramos numa pequena sala. Agora, apenas uma injeção. Ao nosso lado, várias pessoas com canos grudados à pele. Todos lutam para expulsar a praga do corpo. Por que não vai embora de uma vez por todas? A enfermeira — gentil e atenciosa — abaixa a calça da mãe para injetar alguma coisa. Nunca saberemos o que é. Viro o rosto. Não suporto mais ver a metamorfose. É rápido. Apenas uma injeção. Voltaremos na próxima semana. Assim será durante seis meses, caso a mãe aguente o repuxo. Duvido que suporte. Mas, como disse a médica, é preciso tentar de tudo. Sim, é preciso tentar de tudo. Estamos tentando de tudo.

Deixo a mãe à porta do hospital. Espere aqui. Vou buscar o carro. Sempre as mesmas palavras. A mãe senta-se com dificuldade ao meu lado. Voltamos para casa. Nós três: eu dirigindo; a mãe morrendo; e a peste escavando um corpo que não lhe pertence.

X.

— Quando acordei, ele não estava. Havia neve lá fora. Era cada vez mais comum alguém desaparecer na frieza dos dias. Ele sumiu sem se despedir. Faz pouco tempo que o arrastaram. Ele caiu ao acordar. Caiu e não conseguia se levantar. O menino me contava com tristeza, como se fosse o seu pai que tivesse sido levado. Quando alguém era levado, jamais voltava. Meu pai nunca mais voltou.

Não havia tristeza nas palavras. Parecia narrar uma história que pertencia a outra pessoa.

— Voltamos eu e a mãe. Mais ninguém do nosso bairro. Logo depois ela morreu. Estava muito magra e falava coisas sem sentido. Contava as mesmas histórias várias vezes ao dia. Histórias que eu conhecia: a viagem de trem, os galpões, a fumaça sempre cuspida pela chaminé, as pessoas sumindo sem nenhum aviso. Um dia, encontrei-a morta na sala. O irmão mais novo dela, um homem calado e que nunca se casou, veio de longe para me buscar. Foi uma longa viagem. Atravessamos o oceano e chegamos à sua casa após muitos dias. Lá havia duas crianças e uma mulher bem gorda.

25.
A neve é branca. A morte é roxa. A mãe está no caixão. Mãos cruzadas sobre o peito — o óbvio gesto final. O terço e Jesus Cristo espremidos entre os dedos. Estamos ao seu redor. Na casa, deixamos os restos. Depois, vamos levá-los a outro lugar, a outro corpo. Naquela manhã ensolarada, deitada na cama, o corpo retorcido, as pernas rígidas, a cabeça deslocada para a direita. Agora, a casa vazia, o silêncio incrustado na parede, nos tijolos úmidos. A infiltração na sala desenha uma mancha disforme. No caixão, as pontas dos dedos da mãe estão roxas. Acordo com a neve. São quase oito horas. Antes, havia sol. Sete dias se passaram desde que encontrei a mãe estirada, dura e fria sobre as cobertas bagunçadas. O sol sumiu. A mãe sumiu. A neve despenca com delicadeza sobre o telhado.

A avó chora ao lado da filha morta. A primogênita morreu. Ela — velha, baixinha, no fim — ainda vive. As irmãs estão ali. Os irmãos vieram de longe. Somos todos muito parecidos. Na tristeza, ainda mais. Contrato um marceneiro para desmontar o guarda-roupa. Faço pilhas de roupas na sala. A cama é levada para outra casa. O padre chega. Todos rezamos. Rezo também. Sempre rezo pela mãe. Ela acredita que o Céu é o fim de todos nós. Vejo a ponta roxa dos seus dedos. É o que consigo ver. Não sei se a mãe chegou ao Paraíso. As caixas de papelão são grandes e resistentes. Divido as roupas com algum método. Blusas e casacos; camisetas, bermudas e vestidos; cobertores, lençóis e travesseiros. Coloco tudo nas caixas de papelão. Deixo-as no meio da sala. Nevou há alguns dias. O frio é intenso. Avança pela casa, revira os cômodos e gruda na pele.

O pai comprou pão, mortadela e café. As tias trouxeram bolacha e chá. A mãe ficará a noite toda no caixão. O velório se arrastará pela madrugada. À sua volta, apenas os mais obstinados com a morte. Retorno para a casa vazia. Tento dormir um pouco. Pela manhã, a mãe morta no quarto ali embaixo. Em breve, estará no túmulo, ao lado da filha. Agora, nossa família só tem homens. As mulheres se foram antes do tempo. Na nossa família, homens não sabem amparar a solidão do outro. Seremos solitários, cada um à sua maneira.

Passo fita adesiva com rigor no fundo das caixas. É preciso evitar que se rompam durante o transporte até a instituição de caridade. Levarei o que sobrou da mãe para aquecer corpos desconhecidos. A neve cobriu o telhado de casa. Uma crosta bem fininha. Logo o sol a transformou em água. A neve escorreu pelo toldo e molhou o chão de piso bruto. Na esquina, a pequena fábrica de portões e grades interrompeu a produção. Os funcionários — quatro homens de gorros, luvas e jaquetas grossas — ficaram olhando os flocos riscar o céu. Em seguida, voltaram para dentro. O barulho das máquinas continuou manhã afora. Um cachorro passou lentamente. Alguns pais e seus filhos em frente às casas. Tudo muito rápido, não mais que quinze minutos. A neve acabou. As roupas da mãe estão nas caixas, à espera do carro que as levará.

O padre fez um longo sermão sobre justiça. Não entendi o que aquilo tinha a ver com a mãe morta. Ou com as unhas roxas cruzadas sobre o peito, próximas às flores de plástico. O padre falava alto, tentava articular bem as palavras. Às vezes, se engasgava. Retomava a palavra divina. A sala lotada era silêncio e tristeza. Encontrei muitas fotografias em caixas de sapato. Deixei-as de lado. Não sei o que escondem aqueles retratos. Noto que estou em alguns. Fotos enviadas de um tempo que há muito deixou de existir. A mãe não está em nenhuma fotografia. Nunca gostou da própria imagem. No caixão, seria impossível fugir do derradeiro retrato. Neste, ela também não sorriria.

O padre atira água benta para todos os lados. Nenhum pingo me acerta. Talvez Deus não me deseje ao seu lado. Estou no fundo da sala. O padre sai pela lateral, passa ao lado da cozinha onde estão os restos de pão, mortadela e bolacha. Me aproximo do caixão. As unhas ainda mais roxas. Me despeço da mãe. A tampa do caixão é a última peça do quebra-cabeça. Ajudo a apertar os parafusos. Colocamos o caixão sobre um carrinho de rodas grandes. Carregamos a mãe. O sol forte me incomoda. A previsão é de que neve na próxima semana. Vou doar as roupas da mãe. Serão úteis nos dias frios que se aproximam.

Y.
— Hoje eu vou contigo. Quero me despedir.
— Ele já não fala quase nada. Fica parado me olhando com aqueles olhos tão azuis. O olhar dele carrega muita solidão.
— Será que está sofrendo?
— Não parece. Se ele passou por tudo aquilo na infância, a morte, o fim num lugar tranquilo e protegido, deve lhe trazer bastante paz.
— Talvez seja isso.
— O quê?
— Buscar o fim mais tranquilo possível.
— É, talvez seja isso.

26.
Eles viajaram quase setecentos quilômetros. Deixaram a roça no fim da tarde, cortaram a rodovia na madrugada. Estão aqui ao meu lado. No caixão, à nossa frente, a irmã mais velha deles — minha mãe. Vieram para a despedida. De tempos em tempos, a morte teima em nos aproximar. É uma pervertida. São quatro homens altos, magros e silenciosos. Tudo neles é mansidão, como se evitassem a todo custo ofender o mundo. O vinco do rosto comprova o sangue que nos une. Mantenho-me ao lado de um dos tios. Tem a barba bem aparada. Longa e grisalha. No rosto quadrado os olhos são pequenos, afundados na face ossuda. É o mesmo homem que me levava para arar a terra. Lascar pequenas melancias na pedra. Sou o mesmo menino a cuspir sementes pretas e lisas numa lavoura arcaica.

O arado sulcava a terra. Preparava-a para receber a próxima colheita. Eu acompanhava admirado a habilidade daquele homem de nome estranho ao conduzir a parelha de bois e a lâmina afiada a sangrar o solo. Todo boi tinha um nome. Nomes que lembravam duplas sertanejas. Pela roça, ecoava o grito do tio a ordenar os animais. Eles cabeceavam, mas obedeciam. A baba escorria, pastosa. A raiva e o cansaço represados na boca. Impressionava-me a retidão da linha traçada no solo irregular. Eu ia atrás, tropeçando nos torrões e nas valas pelo caminho. No descanso da lida, sentávamos em um toco de árvore. Rachávamos uma melancia pequena — uma bolota esverdeada — numa pedra. Ficávamos ali, em silêncio, cuspindo sementes pretas na terra recém-profanada. Os bois à sombra.

O padre reza pela alma da mãe. Suplica para que Deus a receba em seus braços. O mísero amparo que lhe restou entre as flores de plástico. Estou em meio aos tios. Quatro homens barbudos. Ele está à minha direita. Veste uma antiquada jaqueta jeans. Calça de tergal. Sandálias de couro. Os dedos dos pés são grossos. A pele áspera e resistente. É um animal preparado para as piores batalhas. Às vezes, parece me encarar de canto com seus olhos de boi assustado. Saberia que sempre foi o tio preferido?

Da roça, ao fim de um dia de muito trabalho, íamos nadar no rio. Depois, ao futebol no campo de uma trave só, enquanto a noite não nos engolia por completo. Ele, com a camisa surrada do time do coração, imaginando defesas memoráveis de um goleiro em fim de carreira. Passei praticamente todas as férias escolares na roça, na casa da avó materna. A infância ainda não conseguiu atravessar a pinguela sobre o rio barrento. Estou do outro lado da margem. E não sei nadar.

Rezamos o pai-nosso. As mãos do tio espalmadas para o alto. Reza de olhos fechados. Acredita que ajudará a carregar a irmã até o Céu. Também rezo, mas sem a mesma devoção, de olhos abertos, esquadrinhando o que me resta deste lado do mundo. Sua boca movimenta-se sincronizada por entre a barba espessa. Uma corruíra arisca escondida na floresta de angicos. Sinto seu cheiro de homem ao relento numa roça eterna. Tentou a cidade grande. C. era grande demais para a canga no lombo dos bois. Logo voltou para os grotões da roça — para onde há anos ensaio um retorno que nunca se completa.

O padre sai após enviar mais uma alma ao Paraíso. Fechamos o caixão. Empurramos a mãe à escuridão da tumba. O sol, próximo ao meio-dia, maltrata os túmulos de concreto. Aos poucos, os parentes e vizinhos deixam o cemitério. Os tios estão reunidos à sombra. Caminho sem pressa. Meu corpo é ainda mais lerdo quando a vida é só incerteza. Os tios não conversam. Preservam o silêncio. Estão ali apenas à espera do tempo de retornar — duas parelhas de bois cabeceando na lavoura de concreto. Aproximo-me do tio. Ensaiamos um abraço, que no meio do caminho se transforma num desajeitado aperto de mãos. Deixo-o ali, sob a árvore de folhas ralas.

Z.

Quando chegamos — eu e a vizinha —, o velho nos espera na sala enrolado num cobertor. Fala com alguma dificuldade, mas as palavras são cristalinas.

— Sou a minha memória. O corpo me abandona. A impossibilidade de me livrar da derrota plena não me apavora. Nada me apavora. O medo desapareceu logo depois de voltar para casa com a mãe, sem o pai, e carregar os monstros todos aprisionados na cabeça. Ossos, nervos, órgãos, tudo se esfacela na lentidão dos dias. Parece pouco o que tenho, mas tudo que tenho carrego comigo. As lembranças estão sólidas, indestrutíveis na distância que me separa do horror e deste fim que a cada instante se aproxima. Deixei tudo para trás, mas, ao mesmo tempo, tudo permanece em mim. E não falo destes seis números cravados no meu braço esquerdo, o certificado da morte que não chegou naqueles anos de trevas. Sou um animal marcado sem abatedouro à minha espera. Não virei cinza. Não agonizei na fome permanente. Não me transformei em número na montanha de corpos abandonados. Não enchi a vala com meus restos de podridão. Não fui abatido em fuga desesperada. Não fui nada disso. Quando você chega para ler, as imagens regressam, uma enxurrada violenta, saem feito fantasmas de um calabouço. Estou em cada palavra, em cada silêncio do vocábulo traduzido. Eu estive lá. E mesmo tendo sobrevivido, ainda sigo lá, ao lado de todos eles.

Quando tudo termina

Eles chegam cedo. São dois homens atarracados, resistentes. Preparados para o serviço brutal. Descarregam as ferramentas e entram ruidosos casa adentro. Deixam o carro do outro lado da rua. O dia começa. Sentam-se à mesa. O café com leite numa garrafa térmica vermelha. No armário, escolhem dois copos de vidro. Recusam xícaras. Do pacote de papel engordurado saltam duas coxinhas de frango. Conversam animadamente sobre banalidades cotidianas. Riem sem nenhuma vergonha. Fazem planos para as horas seguintes. Parecem felizes. Lavam os copos na pia. Pedem licença e iniciam o trabalho. As marretas aniquilam os tijolos. Os estilhaços espalham uma névoa de pó. Os móveis ganham uma fina crosta invasora.

Iniciam a demolição pela parede na fronteira da sala com o antigo quarto da mãe. O vazio contornou a casa inexistente. Havia um prego no alto, solitário, agora sem nenhuma função. Antes, a mãe pendurava nele o invólucro plástico com a gosma branca que gotejava sem parar até o buraco na barriga. Com a morte da mãe, o prego perdeu a função de improvisado restaurante. O sofá também não está mais ali. O tempo levou tudo: mãe, sofá e parede.

A casa está praticamente vazia. Os novos móveis ainda não chegaram. Bastam a cozinha e um quarto. Ficarão as paredes laterais. O miolo do pão desprezado pela criança birrenta. As pessoas foram embora. Paredes são desnecessárias. A casa perdeu toda a intimidade. Não é mais preciso esconder a mulher com câncer. A morte já a arrastou. É hora de limpar o que sobrou, até que ela (a morte) resolva nos visitar novamente. Ela sempre volta.

À noite, ao fim do primeiro dia de reforma, me deparo com o início de uma nova casa. Abro a porta da entrada. Acendo a lâmpada da sala. A casa está maior. Aumentou em poucas horas. Perdeu muitos tijolos. O entulho está ali, no exato lugar onde encontrei a mãe morta sobre as cobertas na manhã ensolarada. Não havia um corpo esquelético surpreendido pela morte na madrugada insone. Havia uma pequena montanha de caliça — tijolos, areia, cal e cimento, transformados em restos à espera da caçamba.

Todos os dias, eles chegam cedo. Já não trazem ferramentas. Marretas, martelos e formões estão no meio da sala. Sentam-se à mesa e dividem o vigoroso café da manhã. São pai e filho. Há alguns dias, fazem parte da minha vida. Cumprimentam-me alegres por volta das oito. Deixo-os nos vazios abertos no piso inferior. Subo a escada até o quarto. O grito contra os tijolos me lembra de que alguma coisa mudou em minha vida. À tarde, o filho vai embora. Trabalha até o meio da noite como frentista num posto de gasolina às margens da rodovia. Tem um filho de cinco meses. Mostra orgulhoso a foto do menino gordo e saudável.

A vida na casa de concreto foi breve. Logo a mãe morreu. A nova morada ajudou pouco durante o câncer. Não passou de um confortável cárcere de concreto para uma alma penada. As paredes ampararam o esqueleto doente. O espectro vagante pelo piso de lajotas brancas. Escondiam a vergonha da doença. De fora era impossível discernir a mulher e o seu fim. As paredes nuas — após a reforma — ganharão alguns livros.

A casa se transforma em outra casa.

Agradecimentos

A Cíntia Moscovich, Heloisa Jahn (em memória), Luiz Ruffato, Renata Sklaski e Vivian Schlesinger, pelo olhar crítico, atento e generoso das primeiras leituras.

A Paulo Scott, por ampliar as fronteiras desta narrativa.

A toda a equipe da Dublinense, pela atenção imprescindível aos detalhes e pela elegância do projeto gráfico.

As citações utilizadas ao longo deste livro foram retiradas de *É isto um homem?*, de Primo Levi (Rocco, 1988, tradução de Luigi Del Re), e de *O deserto dos tártaros*, de Dino Buzzati (Nova Fronteira, 1984, tradução de Aurora Fornoni Bernardini e Homero Freitas de Andrade).

Copyright © 2023 Rogério Pereira

CONSELHO EDITORIAL
Eduardo Krause, Gustavo Faraon, Luísa Zardo,
Nicolle Garcia Ortiz, Rodrigo Rosp e Samla Borges
PREPARAÇÃO
Rodrigo Rosp e Samla Borges
REVISÃO
Evelyn Sartori
CAPA E PROJETO GRÁFICO
Luísa Zardo
FOTO DO AUTOR
Renata Sklaski

DADOS INTERNACIONAIS DE
CATALOGAÇÃO NA PUBLICAÇÃO (CIP)

P436a Pereira, Rogério.
Antes do silêncio / Rogério Pereira. —
Porto Alegre : Dublinense, 2023.
160 p. ; 19 cm.

ISBN: 978-65-5553-101-5

1. Literatura Brasileira. 2. Romances
Brasileiros. I. Título.

CDD 869.937 • CDU 869.0(81)-31

Catalogação na fonte:
Eunice Passos Flores Schwaste (CRB 10/2276)

Todos os direitos desta edição
reservados à Editora Dublinense Ltda.
Porto Alegre • RS
contato@dublinense.com.br

Descubra a sua próxima
leitura em nossa loja online

dublinense .COM.BR

Composto em TIEMPOS e impresso na BMF,
em PÓLEN BOLD 90g/m², em AGOSTO de 2023.